Tá cónaí ar Mheadhbh Ní Eadhra sa Spidéal, Co. na
Gaillimhe. Tá sí ag staidéar in Ollscoil na hÉireann, Gaillimh
faoi láthair agus is iriseoir í leis na nuachtáin *Foinse* agus
Lá Nua. Is é *Rua* Cló Mhaigh Eo, 2003 an chéad úrscéal léi
a foilsíodh. Tá mórchuid duaiseanna Oireachtais gnóthaithe
ag Meadhbh dá scríbhinní.

Aithníonn Meadhbh cúnamh agus tacaíocht Bhord na
Leabhar Gaeilge, a thug deis traenála di faoi Scéim na nOidí
leis an scríbhneoir Ré Ó Laighléis sa tréimhse Lúnasa 2006
go Samhain 2007.

Ghnóthaigh leagan de *Fáinne Fí Fífí* duais Oireachtais i 2006.

Foilsithe ag MÓINÍN, 2008
Loch Reasca, Baile Uí Bheacháin, Co. an Chláir, Éire
Ríomhphost: moinin@eircom.net

Deimhníonn an t-údar gur aici atá gach ceart morálta
maidir le scríobh an tsaothair seo.

Bord na
Leabhar
Gaeilge

Aithníonn MÓINÍN tacaíocht airgid
Bhord na Leabhar Gaeilge.

Tá taifead catalóige i leith an leabhair seo ar fáil
i Leabharlann Náisiúnta na hÉireann agus i leabharlanna
éagsúla de Ollscoil na hÉireann.

Tá taifead catalóige CIP i leith an leabhair seo ar fáil
i Leabharlann na Breataine.

ISBN 978-0-9554079-5-6

Leagtha i bPalatino 10.5/14pt

Is saothar ficsin é seo a d'eascair as intinn an údair. Níl aon bhaint
ag eachtra nó duine ar bith a luaitear ann leis an fhírinne. Más ann
do chosúlacht le haon duine nó eachtra a tharla, is de thoradh
timpiste agus chomhtharlúna sin.

Clóchur le Carole Devaney
Dearadh Clúdaigh le Raydesign
Arna phriontáil agus cheangal ag Clódóirí Lurgan, Indreabhán, Co. na Gaillimhe

Fáinne Fí FíFí

Meadhbh Ní Eadhra

MÓINÍN

Do mo theaghlach, a bhí liom san Eilbhéis,
agus do mo dheartháir, nach raibh ann riamh

Buíochas ó chroí le Ré Ó Laighléis,
a mhúin dom gur fearr scéal atá ag tarlú
ná scéal a tharla.

1 ~ Fiona

Déanann glór Iodálach smidiríní de mo bhrionglóid agus
tagaim chugam féin go mall. Cá bhfuil mé? Fiona is ainm
dom, nó Fífí, mar a thugann mo chairde orm. Táim cinnte
de sin, ach tá mé ró-thuirseach le cuimhniú ar rud ar bith
eile. Déanaim iarracht titim i mo chodladh arís ionas go
leanfaidh an bhrionglóid ar aghaidh. Ní éiríonn liom. Tá
mé i mo lándúiseacht anois. Cuimhním ar chodanna den
bhrionglóid. Bhí tacsaí ann, sílim. Tacsaí uimhir a trí,
chuirfinn geall. Fear éigin fosta. Fear beag bídeach a raibh
gruaig fhada air. Cuardaím m'intinn ach is dócha go bhfuil
mé ró-thuirseach le smaoineamh ar aon ní eile.

Tá mé i mo shuí ar an talamh in Aerfort Milan agus is go
mí-fhonnmhar a shuím anseo. Tá an t-aerfort dubh le
daoine agus achan suíochán san áit líonta. Cheapfá go ligfí
duit a bheith ag aislingeacht ar feadh ghiota bhig is tú ag
fanacht ar eitleán! Cén guth láidir é sin a dhúisigh mé?
Beannaím don bhean in aice liom, mé ag guí Dé go mbeidh
Gaeilge nó Béarla aici.

"Cad é a dúirt an tIodálach sin ar an idirchum?" a
fhiafraím di.

"*Je ne sais pas,*" arsa an óinseach.

Táim cinnte go bhfuil Béarla aici, ach go bhfuil sí ag
iarraidh ligean uirthi nach bhfuil, déarfainn, chun cur
isteach orm. Bhuel, b'fhearr liomsa dá labhródh an
domhan ar fad Gaeilge, a chailín. Faoin am a thuigim cad é
atá á rá ag an bhean, cloisim glór an Iodálaigh den dara
huair. Labhraíonn sé in Iodáilis líofa phramsach, rud nach

1

gcuidíonn liomsa beag ná mór. Cad é sa diabhail atá á rá ag an fhear? Rud éigin nach mbaineann liomsa, tá súil agam. Tá mé fós luath don eitleán chuig an Ghinéiv. Fearg orm nach dtig liom eitilt díreach ó Bhéal Feirste chuig an Ghinéiv a fháil. Na heitiltí sin go léir curtha in áirithint. Táim cinnte go bhfuil spás le haghaidh duine amháin eile ar an eitleán!

Deich mbomaite nó mar sin agus tosóidh siad ag ligean daoine ar bord. Beagnach ann, a deirim liom féin. Uair an chloig ar an eitleán agus beidh mé san Eilbhéis. Buíochas le Dia. Mé réidh le dorn sna heasnacha a thabhairt do dhuine éigin, i ndiaidh dom bheith ag fanacht san aerfort faoi choinne dhá uair an chloig. Tá sé go breá nuair atá airgead i do phóca agat, ach níl pingin rua fágtha agamsa. Tá mé beo bocht i ndiaidh dom airgead maith a íoc ar na heitiltí ó Bhéal Feirste go Milan, agus as sin go dtí an Ghinéiv.

Tá mé ag tnúth go mór le mo pheannchara, Sabine, a fheiceáil. Is dócha gur cheart dom 'ríomhchara' a thabhairt uirthi, mar is trí ríomhphostanna a dhéanann muid teagmháil lena chéile. Tá cónaí uirthi amuigh faoin tuath, tamall ón Ghinéiv. Tá sí le fear Iodálach, Roberto, a phósadh go luath, agus thug sí cuireadh dom dul ag an bhainis. Tá mise ag freastal ar an Ollscoil ach tá saoire na Nollag buailte liom. Ba bheag an dochar é saoire bheag a bheith agam. É ar intinn ag an bheirt againn dul ag sciáil. Tugadh trealamh sciála nua do mo chara mar bhronntanas dá breithlá agus tá seantrealamh breise aici domsa! Tógaim ceann dá litreacha amach as mo mhála agus léim arís é fad is atá mé ag fanacht. An chéad ríomhphost a sheol sí chugam riamh:

A Fhiona, a chara,

Is mise Sabine Fleischer agus ba mhaith liom mé féin a chur in aithne duit. Tá peannchara Éireannach á lorg agam ar feadh píosa agus tháinig mé ar do chuid eolais phearsanta ar an idirlíon. Chuir tú fógra fút féin ann, más cuimhin leat sin. Thaitin na rudaí a léigh mé fút liom, agus murar miste leat, ba mhaith liom aithne a chur ort.

Is cailín sách ard le gruaig fhionn mé. Tá Gearmáinis, Iodáilis agus beagáinín Fraincise agus Béarla agam. Ar cheann de na cúiseanna ar mhaith liom aithne a chur ortsa tá go dteastaíonn uaim tuilleadh Béarla a fhoghlaim agus fiú giota beag Gaeilge! Is breá liom a bheith ag sciáil agus ag seinm an bhosca cheoil. Tá an-dúil agam i gceol traidisiúnta na hEilbhéise. Is mise an t-aon chailín i mo theaghlach. Tá deartháir amháin agam atá níos sine ná mé. Bíonn brón orm, uaireanta, nach bhfuil aon deirfiúracha agam. Tá mé fós i mo chónaí le mo mháthair. Tá a lán talaimh againn timpeall an tí – thart ar 100 acra, go deimhin. Is breá liom a bheith taobh amuigh agus ag obair sa ghairdín. Tá beithigh againn chomh maith – seans go dtaitneoidh siad leat. Tá dath álainn donn orthu agus bíonn siad i gcónaí thar a bheith glan agus a gcuid fionnaidh ag glioscarnach faoin ghrian. Tá mé críochnaithe leis an ollscoil anois – bhain mé céim amach sa cheol agus tá post agam anois mar mhúinteoir ceoil. Is breá liom a bheith ag múineadh.

Tá cónaí orm i mbaile beag darb ainm Saas Fee, go hard sna hAlpa. Tá sé suite 1,800 méadar os cionn an Saastal agus tá sé timpeallaithe le trí chinn déag de

bheanna móra, an Dom san áireamh. Níl aon chead
ag feithiclí tiomáint isteach sa mbaile agus caithfidh
turasóirí a gcuid gluaisteáin a pháirceáil sa charrchlós
atá lonnaithe díreach roimh an bhaile. Bíonn feithiclí
leictreacha ceadaithe, agus úsáidtear iad seo chun
earraí a iompar ó áit go háit. Is baile álainn ciúin í
agus tig leat dul ag sciáil inti am ar bith i rith na
bliana. Tá carranna cáblaí ann agus go leor eile.

Labhraítear Gearmáinis anseo don chuid is mó. Is
breá liom mo bhaile agus tá an tírdhreach dochreidte.

Cén aois tusa? An bhfuil tú ag freastal ar an
ollscoil? An bhfuil mórán Gearmáinise agat? Inis
dom fá dtaobh d'áit chónaithe agus do chlann. Táim
ag súil go mór le litir uait.

Do chara úr,
Sabine Fleischer

Cuirim an litir ar ais i mo mhála agus breathnaím ar
m'uaireadóir. Breathnaím arís air. Stánaim air. Ansin
amharcaim ar amchlár na n-eitleán. Céard sa diabhal? Tá
mé ar mo chosa i bhfaiteadh na súl, mo shúile ar lasadh le
teann feirge, mé ar mire liom féin. A naoi a chlog. Dúradh
linn go mbeadh cead an t-eitleán a bhordáil ag a deich chun
a naoi. Cinnte anois gheobhaidh mé suíochán in aice leis an
bhean Fhrancach sin, nó an fear mór Eilbhéiseach atá ag
léamh leabhair dar teideal *Modhanna Cogaíochta Nua-
aimseartha agus Conas iad a Úsáid*. Ní thaitneodh sé sin liom
beag ná mór. Nach mór an óinseach mé? Aimsím mo
thicéad agus mo phas, agus rithim anonn go dtí an geata
bordála. Mothaím láithreach go bhfuil fadhb éigin ann. Níl
scuaine, níl aon duine eile ina sheasamh ann, achan duine

fós ina suí.

"An bhfuil cead agam an t-eitleán a bhordáil?" a fhiafraím den bhean in aice liom.

"Nár chuala tú an fear ar an idirchum ag déanamh an fhógra faoin mhoill a bheidh ar an eitilt?"

"Cad é? Níor chuala mé. Cad chuige nár labhair sé níos moille? An t-amadán. Ó, a Chríost! Cén fhad a bheidh orm fanacht? An dtig leat freagra macánta a thabhairt dom?"

Ach tá an bhean imithe faoi choinne deoch a cheannach. Drochbhéasach. Siúlaim sall chuig an fear atá i gceannas, an t-Iodálach a labhair ró-ghasta ar an idirchum. Tosaím ag guí go bhfuil Béarla aige.

"Cad chuige go bhfuil moill ar an eitleán? Cén fhad a bheidh orm fanacht?"

Níor éist Dia liom maidir leis an Bhéarla, is cosúil. Closim é ag caint in Iodáilis líofa. Nach dtuigeann sé gur chuir mé an cheist air i mBéarla mar *nach* bhfuil Iodáilis agam?

"*Quando il fulmine si ferma, probabilmente,*" ar sé.

Cad é ar son Dé atá á rá ag an fhear? Ní thuigim focal uaidh. Tá moill ar an eitilt, ach cad chuige? Cad Chuige?

Tá an fear anois ag déanamh comharthaí lena lámha, ag lasadh lampa láimhe agus á mhúchadh arís. Aisteach. Tosaíonn sé ag siúl i dtreo na ndoirse, é ag iarraidh go rachainn in éineacht leis. Leanaim é agus seasann muid ansin ar feadh píosa. Ní thuigim cad é atá ag tarlú. Amharcaim ar an fhear óg arís. An bhfuil sé as a mheabhair? É cuíosach ard, guailne leathana agus súile gorma air. É lán de bheocht agus meangadh gáire ar a bhéal i gcónaí. Meas tú cad é atá á dhéanamh ag duine mar sin in aerfort? Ba chóir dó a bheith amuigh in áit éigin ag baint úsáid as a chuid fuinnimh, seachas a bheith ina shuí ar chathaoir ar feadh an lae. Taitníonn sé liom. Tá fearg orm nach dtig liom a bheith ag labhairt leis i gceart. Ba chóir go mbeadh Béarla aige, a deirim liom féin. Ach tagann cathú orm ansin. Níl fearg orm, ach a mhalairt. Ní theastaíonn uaim a bheith ar nós na Sasanach – iad i gcónaí ag súil leis go mbeidh Béarla ag achan duine. Is fuath liom sin. Tá sé díomasach uaibhreach.

Ba chóir domsa Iodáilis a fhoghlaim. Tá sé chomh doiligh céanna d'Iodálaigh Béarla a fhoghlaim! Seasaim go ciúin taobh leis an Iodálach. É cúpla bliain níos sine ná mé, sílim. Boladh deas uaidh, boladh úr, difriúil. Ní boladh 'Lynx' é, mar a bhíonn ar achan bhuachaill sa bhaile, agus áthas orm faoi sin. É neamhspleách ar dhaoine eile, nó sin an rud a theastaíonn uaimse a chreidbheáil.

Go tobann, músclaítear as an aisling mé. An áit ar fad ar lasadh ag solas cumhachtach éigin. Baintear geit asam, agus cúlaím siar go mall. Tá an fear ag amharc go tnúthánach orm. An dtuigeann tú anois? arsa a shúile liom. Is léir go bhfuil tintreach ann. Tagann scanradh orm. Nuair a bhí mé i mo chailín beag, bhuail tintreach teach mo chomharsan agus cuireadh an teach trí thine. Ní rabhadar sa teach ag an am, buíochas le Dia. Ó shin i leith tá an-fhaitíos orm roimh stoirmeacha. Feiceann an fear an eagla ionam agus beireann sé ar mo lámh go cineálta. Ansin, ar ais linn go dtí an deasc, an bheirt againn cúthaileach ar bhealach nach féidir liom a mhíniú. Go gairid ina dhiaidh sin, cloiseann muid coiscéimeanna gasta ag teacht inár dtreo, agus tiontaím timpeall le féachaint cé atá ann.

2 ~ Johann

Amharcaim ar m'uaireadóir agus tosaím ag eascainí faoi m'anáil. Tá mé déanach – arís! Ó, a Johann, a deirim liom féin, tá sé thar am agat éirí. Tosaím ag rith i dtreo an aerfoirt, mar tuigim go maith go mbeidh mé i dtrioblóid cheart mura bhfuil mé i mo shuí ag mo dheasc laistigh de dhá bhomaite. Sroichim mo chathaoir agus stadaim de gheit. An bainisteoir ina shuí ann. In ainm Chríost, lig liom, arsa mé faoi m'anáil. Seasann an bainisteoir ansin, é ag amharc orm ar bhealach gránna.

"Seo é an dara huair i dtrí lá go bhfuil tusa déanach ag teacht anseo, a Johann," a deireann sé. "Níl sin maith a dhóthain. Tá cónaí ort cúig bomaite déag ó seo agus fós éiríonn leat mise a ligean síos. Cén chúis atá agat leis an mhoill, inniu?"

"Tá brón orm. Ní tharlóidh sé arís."

"Cén chúis atá leis? Nár chuala tú mo cheist?"

Tá an bainisteoir ag cur isteach orm anois. Ní thaitníonn sé liom beag ná mór. Beartaím an fhírinne ghlan a insint dó.

"Bhí mé tuirseach agus níor dhúisigh mé in am. Níl mé ach cúpla bomaite déanach," arsa mé go ciúin, cé, i ndáiríre, go bhfuil fonn orm scread a ligean leis an fhear mór seo atá ina sheasamh os mo chomhair.

"Níl mé ach cúpla bomaite déanach," arsa an bainisteoir go scigiúil.

A fhios agamsa go maith go bhfuil sé ag baint taitnimh as seo. Ní thugaim a thuilleadh cúis áthais dó.

"Tá scuaine fhada anseo anois, a bhainisteoir. Nár

cheart duitse imeacht?"

Tá iontas orm nuair a dhéanann an bainisteoir amhlaidh. Faoiseamh dom fosta é nach bhfuil mo phost caillte agam! Caithfidh mé a bheith cúramach. Bhrisfeadh an fear sin as mo phost mé ar chúis ar bith, agus teastaíonn an post seo go géar uaim.

Déanaim iarracht dearmad a dhéanamh den mbainisteoir ina dhiaidh sin agus mé ar mo dhícheall mo phost a chomhlíonadh. Ach tá rud eile ag cur imní orm, agus is rud é nach bhfuil chomh furasta an chluas bhodhar a thabhairt dó. Tá mo dheirfiúr le pósadh i gceann coicíse, thall san Eilbhéis, agus tá an ghráin dhearg agam ar a fear. Níor bhuail mé leis ach uair nó dhó, ach b'shin a dhóthain!

Is as an Iodáil dó ó dhúchas ach tá cónaí air san Eilbhéis le tamall. Thug mé a theach faoi deara lá amháin is mé i Susten ag ceannach bia. Teach ollmhór atá ann i gcomparáid leis na tithe atá thart air. An Lamborghini atá aige fosta – ní fhaca mé riamh carr chomh hálainn leis i mo shaol. Tá sé thar a bheith saibhir, ach cén chaoi sin? Ar bhuaigh sé an Lotto nó an bhfuil sé ina mhangaire drugaí? Tá imní orm faoi mo dheirfiúr. Mo dheirfiúr bheag. Bhuel, tá sí ceithre bliain níos óige ná mé, ach is mise an duine is sine fós. Bhíodh sí i gcónaí ag titim i ngrá le buachaillí ina hóige, ach ní fíorghrá a bhíodh ann. Tá mé ag ceapadh nach fíorghrá atá ann an uair seo ach an oiread. Do cheachtar acu. Achan uair a fheicim le chéile iad, ise lena gruaig álainn fhionn agus a súile móra gorma, agus Roberto lena ghruaig shlíoctha agus a shúile fuara, tá a fhios agam nach n-éireoidh lena bpósadh. Mar bharr ar achan rud eile, tá sé i bhfad ró-shean di – é ar a laghad deich mbliana níos sine ná í.

Tá sé ráite agam cheana léi, ach dar léi, tá mé ag iarraidh

achan rud a mhilleadh uirthi agus ba cheart dom aire a thabhairt do mo ghnó féin. Ach bím i gcónaí ag machnamh uirthi agus tá sé ar intinn agam rud éigin a dhéanamh a chuirfidh stop leis an phósadh. B'fhearr dom deifir a dhéanamh fá dtaobh de! Ba mhaith liom post a fháil san Eilbhéis, mar tá grá agam do mo thír bheag álainn. Is í mo ghrá geal a thug chun na hIodáile mé. Agus tá sise imithe uaim anois. Faraor! Go tobann, cloisim duine éigin ag cur ceiste orm.

"Cad é?" arsa mé go bómánta, mé ag oscailt mo shúile go gasta.

"Cá bhfuil an tacsaí a bhí le bheith ag an aerfort anois?"

"Ná fiafraigh díomsa. Ní tiománaí tacsaí mé." Tosaím ag gáire dom féin. Ní haon gháire a dhéanann sise. Ag screadach atá sí anois, a haghaidh ag iompú ar dhath tráta, a lámha á croitheadh san aer aici. Tosaím ag gáire faoin óinseach. Nach bhfuil a sáith céille aici mé a fhágáil anois? Eachtrannaigh!

Is minic a thagann amadáin do mo lorg chun ceisteanna a chur orm faoi charranna agus an aimsir agus achan rud nach mbaineann beag ná mór le mo phost. Tá mé chomh bréan de ag an phointe seo go dtosaím ag gáire orthu.

Fógra ar an idirchum ar ball beag faoi choirpeach áitiúil éigin a d'éalaigh as an tír le déanaí. Marco a thug siad air, más buan mo chuimhne. Tá cúpla grianghraf feicthe agam den fhear – é beag, tanaí, agus gruaig an-fhada ar fad air. Chuirfinn geall leis go bhfuil sé feicthe agam cheana in áit éigin, ach cá háit? Cuid de pholasaí an aerfoirt atá ann daoine a chur ar a n-aire, is dócha.

Thart ar a naoi a chlog, tagann bean óg suas chuig an deasc agus í ag labhairt Béarla. Cén mhaith ach níl aon

Bhéarla agam – díreach Fraincis, Gearmáinis agus Iodáilis. Láithreach, músclaítear mothúcháin láidre ionam don bhean seo. Tá mé faoi dhraíocht aici ar an bpointe. Is aisteach an rud é, ach tig leat pearsantacht duine a mheas ó bheith ag amharc air nó uirthi. Fiú mura labhraíonn tú riamh leis an duine. Is léir ar an chuma mhachnamhach atá uirthi gur duine cumasach ábalta í. Bubump! Tá mé i ngrá léi. Agus níl rud ar bith ar féidir liom a dhéanamh faoi.

3 ~ Fiona

I ndiaidh dom tiontú timpeall, feicim fear beag tanaí agus féasóg fhada dhubh air. Teachtaireacht éigin aige do Johann. Aisteach go bhfuil ainm Johann ar eolas agam agus m'ainm ar eolas aige. Aisteach, ach deas! Gearmáinis á labhairt ag an bheirt fhear lena chéile. Ligim osna an fhaoisimh asam. Ar a laghad beidh mé in ann labhairt le Johann i gceart anois má tá Gearmáinis aige.

Imíonn an fear arís, é ag siúl go gasta agus a cheann go hard san aer aige. Slán leat, a deirim faoi m'anáil, slán leat agus le do chloigeann mór millteach nach bhfuil béasach go leor le beannú dom fiú. Tá an ghráin agam ar dhaoine mar é.

I nGearmáinis a fhiafraím de Johann cén teachtaireacht a bhí ag an fhear.

"Tá an t-eitleán ullamh anois, tig libh dul ar bord," ar sé.

Faoiseamh ar deireadh. I gceann uair an chloig nó mar sin beidh mé i mo shuí i gcarr mo pheannchara ar an bhealach go Saas Fee. Mé ag tnúth go mór leis sin.

"Slán leat, mar sin, a Johann. Bhí sé go deas bualadh leat."

Tugann sé póg ghasta dom ar an éadan, cuirim mo mhála thar mo ghualainn agus siúlaim i dtreo an dorais. Amharcaim siar ar Johann uair amháin sula n-imím. É fós ina sheasamh mar a bhí dhá bhomaite roimhe, é ag amharc orm ag imeacht uaidh. Níl a fhios agam cad iad na smaointe atá ag dul trína cheann, ach is dóigh liom gur smaointe deasa atá iontu.

* * *

Socraím mo chorp go compordach sa suíochán álainn leathair agus tagann míogarnach orm láithreach. Iontach a bheith ábalta éalú ón saol ar feadh píosa agus sos a ghlacadh. I gcúl na haithne, cloisim an píolóta ag rá go bhfuil muid ag fágáil Aerfort Milan agus ag dul i dtreo Aerfort na Ginéive. Buíochas mór le Dia.

Baintear geit asam nuair a shuíonn duine éigin sa suíochán folamh in aice liom. Johann! Tá iontas an domhain orm nuair a fheicim é, chun an fhírinne a insint. Ní thuigim conas ar éirigh leis teacht chomh fada liom. Mothúcháin éagsúla le brath agam – áthas mar go bhfuil mé in éineacht leis arís, scanradh mar go bhfuil an chuma ar an scéal go bhfuil sé do mo leanacht, agus mearbhall faoin rud go léir.

"Dia duit!" a deirim leis, "cad é mar atá tú?"

"Tá mé go breá, beagáinín tuirseach, mar bhí orm rith

abhaile agus mo chuid ghiuirléidí agus trealamh uilig a fháil."

"Cad chuige an bhfuil tú anseo?" a fhiafraím dó.

"Bhí sé ar intinn agam dul chun na hEilbhéise amárach, ar cuairt ag mo dheirfiúr, ach mar gur oibrí mé agus mo chuid uaireanta oibre thart don lá, tá cead agam dul anois. Nach bhfuil áthas ort?"

"Cinnte, tá. Ach cén fáth an dteastaíonn uait dul anois in ionad amárach?" A fhios agam go maith cén freagra atá ar an cheist sin, ach mé ag iarraidh é a chloisteáil ón fhear é féin.

"Ó ba mhaith liom mo dheirfiúr a fheiceáil chomh luath agus is féidir liom. Níor thug sí cuireadh dom teacht agus nuair a fheiceann sí mé beidh fearg uirthi. Nílim ag súil leis sin, ach tá fáth agam leis an chuairt agus teastaíonn uaim dreas cainte dáiríre a dhéanamh léi. Ar scor ar bith, ní léi an teach. Tá cónaí uirthi i dteach mo mháthar agus mar sin ní thig léi mé a chaitheamh amach! Fosta, beidh comrádaí agam don oíche in ionad a bheith i mo shuí liom féin sa teach."

Ráiméis! Teastaíonn uaidh a bheith in éineacht liomsa!

"Cad chuige an mbeidh do dheirfiúr crosta leat?" a fhiafraím dó – ionadh orm, mar dhea.

Ach ní fhreagraíonn sé mé. Is léir nach dteastaíonn uaidh a rá liom. Tuigim sin. Níl mórán aithne againn ar a chéile agus is dócha nach mbuailfidh muid lena chéile riamh arís ar scor ar bith.

* * *

Tosaím ag léamh, mé ag iarraidh éalú ón ógfhear nua seo atá in achan áit inniu. An-amhras orm faoina bhfuil ar siúl aige, mar ní óinseach mé, bíodh a fhios agat. É soiléir go bhfuil Johann i ngrá liom nó ag ligean air féin go bhfuil. Is doiligh idirdhealú a dhéanamh idir an dá rud sin. Cibé ar bith, ní féidir liom a rá go bhfuil mise i ngrá leis. Sin focal an-láidir. Tá sé dathúil agus difriúil, ach níl rud ar bith eile ar eolas agam faoina chúlra, faoina theaghlach, faoina shaol. Agus nuair a smaoiním air, ní raibh sé de cheart aige mé a phógadh. Cad é mar atá a fhios aige nach bhfuilim geallta le fear eile cheana féin? B'fhéidir nach mórán a bhí ann, póg bheag ghasta, ach mar sin féin, ní thig le héinne a shéanadh gur de bharr mo luas ag imeacht uaidh nár mhair an póigín níos faide! Ón méid atá ráite aige, is léir nach bhfuil cailín aige, nó má tá, tá sí imithe áit éigin. B'fhearr dom mo bhéal a choinneáil druidte agus gan rudaí mar sin a lua leis. Iontas orm nuair a fhreagraíonn sé mo cheist gan é a chloisteáil.

"Bhris mé suas le mo chailín agus tá uaigneas orm sa teach liom féin. Ar aon nós, inis dom fút féin. Cad as duit?"

"Rugadh agus tógadh i mBéal Feirste mé. Tuigim gur Iodálach tusa?"

"Ní hea, ach Eilbhéiseach. An bhfuil cuma Iodálach orm?" Gáiríonn sé os ard.

"Níl, ach tá tú ag obair san Iodáil."

"Is fíor sin. B'as an Iodáil do mo chailín."

"Cad é a dhéanfaidh tú anois? An bhfanfaidh tú san Iodáil, nó an bhfuil fonn ort filleadh ar do bhaile féin?"

"Is dóigh liom go bhfillfidh mé ar an Eilbhéis go luath. Braithim uaim é. Tá mo chairde agus mo ghaolta uilig ann agus is tír álainn í. An ar saoire atá tusa ag dul ann?"

"Ar saoire, sea. Thug mo pheannchara cuireadh dom teacht chuig a teach. Bhuel, sílim go bhfuil sí fós ina cónaí lena máthair, ach is ann a bheidh mé ag dul. Beidh mé ann ar feadh coicíse. Táim ag tnúth go mór leis."

"Is ait an rud é sin. Is ar feadh coicíse atáimse ag dul fosta!"

É deas cairdiúil múinte liom le linn na heitilte uilig, é ag caint is ag gáire liom, ag insint scéalta agus ag déanamh iarracht aithne a chur orm. Ceannaíonn sé tae dom agus cúpla briosca. É iontach greannmhar agus oscailte maidir leis féin. Spéis ag an bheirt againn i gceol agus é breá sásta go leor comhrá a dhéanamh fá dtaobh de cheol na hEilbhéise. Duine an-suimiúil é. Eisean ag déanamh formhór den chaint, áfach; mise ag coinneáil mo chuid ceisteanna agus freagraí giorraisc agus fánach. É ag éirí mífhoighneach liom anois is arís. Fiafraíonn sé díom an bhfuil aon deartháireacha agam, agus deirim nach bhfuil. Tosaíonn sé ag déanamh aithrise orm:

"Tá, níl, b'fhéidir, sílim, is dócha! Tá, níl, b'fhéidir, sílim, is dócha! An ndeireann tú aon rud eile, meas tú?"

"Uaireanta," a fhreagraím go ciúin.

Níl fonn ar bith orm dul i mbun cainte i gceart leis. I ndeireadh an lae, tá mé tuirseach traochta agus ní fiú an iarracht. Ach ní maith liom a bheith drochbhéasach ach oiread.

"An bhfuil cónaí ar d'athair le do dheirfiúr agus do mháthair fosta?" a fhiafraím de agus sinn leathbhealach tríd an eitilt.

Tá sos bomaite sula fhreagraíonn Johann. Sílim ar dtús go bhfuil iontas air ceist chomh fada sin a chloisteáil, ach nuair a amharcaim air, ar a shúile á líonadh le brón, le huaigneas, le fearg, tuigim nach é sin atá i gceist. Mé ag iarraidh mo chuid focail a shlogadh. Cad chuige ar fhiafraigh mé dó?

Ní theastódh uaidh nithe mar sin a phlé liomsa. Ach ansin amharcann sé orm, idir an dá shúil. Agus labhraíonn sé faoina athair.

"Bliain ó shin, chuaigh m'athair ar iarraidh," a deireann sé go ciúin. "Is é a tharla ná go rabhamar uilig sa teach le chéile, an chlann go léir agus neart cairde, rud nár tharla chomh minic sin, mar go raibh mise i mo chónaí san Iodáil. Ar scor ar bith, bhí dinnéar blasta againn agus m'athair i mbun na cócaireachta mar ba ghnáth. Bhí cúpla deoch againn an oíche sin, oíche dhorcha gheimhridh. Is dócha gur ól muid an iomarca, mar, creid é nó ná creid, níor thug éinne againn faoi deara é nuair a d'imigh m'athair ón teach. Bhí achan duine ag baint an-sult as an oíche."

Stadann Johann dá chaint go tobann – é maoithneach corraithe – agus leagaim lámh ar a ghualainn.

"Ní gá leanacht ort," a deirim.

"Teastaíonn uaim, teastaíonn uaim. Thart ar mheánoíche, thug mise faoi deara nach raibh m'athair sa teach. Ní dúirt mé rud ar bith le haon duine, le nach gcuirfinn eagla orthu. Amach liom sa dorchadas agus mé á lorg. Bhí a fhios agam láithreach cad a tharla. Bhí a ghluaisteán imithe. Thug mé sracfhéachaint i dtreo taobh an tsléibhe. Géar, ard, contúirteach. I mo chroí istigh, thuig mé go raibh m'athair marbh agus thuig mé fosta nárbh é an t-alcól ba chúis leis. Tá sé doiligh glacadh le féinmharú ach is dócha nach raibh rogha agam. Ná ag duine ar bith eile."

Stadann sé den chaint arís agus ní dhéanann an bheirt againn ach suí ansin go ciúin ar feadh píosa.

"Tá fíor-bhrón orm," arsa mise, mé séimh cúramach sa chaint. "Níor ghá duit é sin a insint dom ar chor ar bith, tá a fhios agat."

"Tá a fhios sin agam, ach theastaigh uaim. Aimsíodh a chorp agus aimsíodh an carr. Dúradh nach raibh mórán ólta aige ar chor ar bith. Fear é a bhí faoi bhrú i gcónaí. Ní raibh saol éasca aige. Ach sin scéal eile ..."

4 ~ Johann

Tá sí ag amharc orm, í tuisceanach álainn. Tuigim nach bhfuil sí fiosrach sa bhealach mícheart, ach go bhfuil suim aici ionam agus i mo shaol. Don chéad uair, insíonn mé do dhuine éigin faoin phian a bhíonn á fulaingt agam achan lá, fá dtaobh de na tromluíthe a bhíonn agam go fóill agus na fadhbanna a chothaigh bás m'athair dom. Ligim do dhuine éigin cuidiú liom, agus mé a thuiscint. Ní dhéanaim amhlaidh riamh. Ní ón lá sin.

Ligim osna an fhaoisimh asam nuair atá mé críochnaithe ag insint d'Fhiona faoi m'athair. Mé ag mothú níos éadroime agus níos sona. Ní thuigim cén fáth go bhfuil sí idir dhá chomhairle maidir le rudaí a insint dom fúithi féin. Caithfidh go bhfuil sí amhrasach fúm. Mar a bheadh duine sa chás sin, is dócha. Ba mhaith liom an mhuinín atá aici ionam a neartú giota ar ghiota.

Tosaíonn muid ag siúl i dtreo an ionaid bhagáiste. Tá sé an-déanach ar fad. Nó an-luath ar maidin, d'fhéadfá a rá. An áit folamh agus scanrúil, gan ann ach an scór duine a tháinig linn ar an eitilt. Tá eagla ar Fhiona ach beirim greim láimhe uirthi. Tá a fhios agamsa go díreach cá háit le dul

mar go bhfuil seantaithí agam ar an aerfort. Leanann Fiona
mé trí phasáistí fada le staighrí beo agus ballaí maisithe. Ar
deireadh, sroicheann muid ár gceann scríbe.

"Cá bhfuil do chara?" a fhiafraím di.

"Is dócha go bhfuil sí imithe abhaile faoin tráth seo.
Gheobhaidh mé tacsaí chuig an teach. Táim cinnte go
bhfuil fearg uirthi faoin mhoill a bhí ar an eitilt."

"Fearg? Cad chuige? Nach duine deas í?"

"A Johann, ar son Dé, bheadh fearg ar dhuine ar bith dá
mbeadh orthu tamall maith a chaitheamh ag fanacht ag
aerfort, mar a d'fhan sise ormsa, táim cinnte," ar sí go
searbh.

"D'fhanfainn dhá uair an chloig ort gan fadhb ar bith.
B'fhiú go mór é, dá mba thusa a bheadh i gceist," arsa mise.

5 ~ Fiona

Mé ar tí meangadh gáire a dhéanamh leis sin, ach athraím
m'intinn. Ní theastaíonn uaim ego mór a thabhairt dó. Ach
mar sin féin, ligim dó mé a phógadh, agus breith ar mo
lámh. Bím i gcónaí ag déanamh machnaimh faoin
bhomaite sin.

Ar an chéad luí súl, feicim go bhfuil Aerfort na Ginéive
thar a bheith glan, gan guma coganta nó bruscar ar bith le
feiceáil. Níl áit chomh foirfe feicthe agam riamh i mo shaol.
An t-aerfort an-snasta ar fad. Fógraí áille ar crochadh ar
na ballaí agus iad greanta as cloch ghlioscarnach. Cuma
iontach orthu i gcomparáid leis na gnáthchinn phlaisteacha

a bhíonn in Éirinn faoi choinne Guinness! Tugaim faoi deara go bhfuil na fógraí uilig i bhFraincis, agus is ait an rud é sin mar is Gearmánaigh iad 74% de phobal na tíre! Tá sé spéisiúil go labhraítear an oiread sin teangacha éagsúla san Eilbhéis. Tá ceithre teanga oifigiúil acu, sé sin Gearmáinis, Fraincis, Iodáilis agus Romansch. Is 'Swiss German' a labhraítear, atá éagsúil ón Ghearmáinis, agus 'Swiss French' fosta. Tír thar a bheith ilchultúrtha í an Eilbhéis.

Ar deireadh, tagann an bagáiste. Tá mo mhála sábháilte, buíochas le Dia. Nuair atá a mhála aimsithe ag Johann chomh maith, fágann muid slán ag a chéile. Malartaíonn muid uimhreacha gutháin agus geallann muid dul i dteagmháil le chéile sa todhchaí.

"Ó, ceart go leor, más mian leat," a deirim, gan mórán díograis a léiriú fá dtaobh de, d'aon ghnó.

Aimsím grúpa mór fear ag suí timpeall ar bhalla gar do na tacsaithe go léir.

"An bhféadfainn tacsaí a fháil?" a fhiafraím díobh.

Fanann siad uilig ina suí ar an bhalla agus iad ag gáire fúm.

"Cén cineál airgid a thabharfaidh tú dúinn?" arsa duine díobh go gránna, "mar níl muid saor an tráth seo den oíche, nó den mhaidin, mar ba cheart dom a rá!"

Scairteann siad go léir amach ag gáire arís. Mé ag éirí mífhoighneach faoi seo agus deirim leo go bhfuil sé ceart go leor, go bhfuil cara liom ina chónaí gar don Aerfort agus go gcuirfinn scairt uirthi siúd.

Is iontach an freagra a fhaighim ar sin. Léimeann siad uilig anuas den bhalla, ag tairiscint síobanna dom. Ach b'fhéidir nach bhfuil achan tiománaí tacsaí san Eilbhéis chomh drochbhéasach céanna. Closim duine éigin ag scairteadh orm os ard agus é ag rith ar luas lasrach i mo threo.

"Ar mhaith leat síob?" ar sé. "Tar liom."

Fágaim na tiománaithe amaideacha eile i mo dhiaidh, agus imím sna sála air, mé breá sásta liom féin.

6 ~ Johann

Níl duine ná deoraí cosúil le Fiona feicthe agam – riamh. An tslí ar dhéileáil sí leis na tiománaithe tacsaí sin – iontach! Tá sí chomh cumasach agus cliste. Níl amhras ar bith faoi sin. Anois ní gá domsa ach tacsaí a aimsiú dom féin.

7 ~ Sabine

Is fuath liom a bheith ag fanacht in aerfoirt, agus cé go raibh mé ag iarraidh a bheith ann chun fáilte a chur roimh mo chara úr, Fiona, bheartaigh mé dul abhaile. É ráite ag lucht an aerfoirt go mbeadh an t-eitleán cúpla uair an chloig déanach. Neart tacsaithe thart ar scor ar bith agus tá mo sheoladh ag Fiona. Beidh sí go breá! Tá mo mháthair imithe go Páras ar thóir éadaí agus bronntanais don mbainis, agus dá bharr sin, cuirim scairt ar mo *fhiancé* Roberto a luaithe is a sroichim mo theach. Beidh neart ama againn lena chéile sula dtagann Fiona ar aon nós.

8 ~ An Tiománaí Tacsaí

Suíonn an bhean óg in aice liom sa suíochán tosaigh. Tosaím ag caint léi i nGearmáinis, ag fiafraí di cá bhfuil sí ag iarraidh dul.

"Tá ainm na háite ar an phíosa páipéir seo," ar sí. "Saas Fee, sílim."

B'fhéidir go bhfuil sí ar cuairt chun a cuid Gearmáinise a fheabhsú. N'fheadar! Is maith léi mo ghluaisteán, más fíor a deir sí ar scor ar bith.

"Go raibh maith agat," arsa mé, "is carr úr é – thug an comhlacht tacsaí dom é mar bhónas. Nuair a bheidh tú ag imeacht, amharc ar an uimhir chlárúcháin. B'fhéidir go mbeidh sé ró-dhorcha, ach is uimhir a trí atá scríofa air. 'Sé mo charr an tríú carr a díoladh sa Ghinéiv i mbliana. Is leis an Ard-Mhéara uimhir a haon, is le polaiteoir éigin uimhir a dó, agus is liomsa uimhir a trí. Dúirt mo shaoiste liom gur mé an tiománaí tacsaí is fearr dá bhfaca sé riamh agus sin an chúis ar cheannaigh sé an carr seo dom chomh gasta i mbliana!"

"Sin iontach!" ar sí. "Caithfidh gur tiománaí den scoth tú, mar sin."

Díreach ag an phointe sin, bainim mo lámh den roth tiomána trí thimpiste agus imíonn an carr ó smacht. Feicim feithicil eile ag teacht inár dtreo agus déanaim tréaniarracht smacht a fháil ar an charr arís. Mé beannaithe go n-éiríonn liom, ach baintear geit asam agus as mo chomrádaí. Closim an bhean ag déanamh fuaimeanna mar a dhéanfadh luchóg bheag agus í sáite i ngaiste. Gabhaim a leithscéal agus, go gairid ina dhiaidh sin, stadaim chun slán a fhágáil leis an bhean.

"Seo do cheann scríbe, a bhean uasail," arsa mé. "Bain taitneamh as do shaoire sa tír seo."

"Go raibh míle maith agat," ar sí, agus imíonn léi sa dorchadas. Is dócha go ndéanfaidh sí dearmad an uimhir a trí sin a sheiceáil. Bhuel, ní liomsa an tacsaí ar aon nós, is le húinéir an chomhlachta é. Ní haon dochar é giota beag bréagadóireachta a dhéanamh le bean chomh sciamhach léi.

9 ~ Fiona

Fágaim slán leis an tiománaí tacsaí, agus osclaím an geata atá os mo chomhair. Geata tí mo chara, tá súil agam. Tugaim sracfhéachaint ar an seoladh atá scríofa agam ar an phíosa páipéir – sea, uimhir a trí atá ar an gheata, agus uimhir a trí atá scríofa. Cathain ar chuala mé caint faoin uimhir a trí chéanna le déanaí? Ní cuimhin liom.

Cuma dheas ar an ghairdín, fiú sa dorchadas. Fiáin nádúrtha, seachas é a bheith néata agus bréagach. Mé ag tarraingt mo chóta níos gaire do mo chorp. An t-aer fuar tanaí toisc luaithe na maidine agus airde na sléibhte. Tá teach mo chara suite rud beag ó dheas ar bhaile Saas Fee féin. Ar an imeall, mar a déarfá. Druidim an geata go ciúin i mo dhiaidh agus ar aghaidh liom go neirbhíseach i dtreo an dorais tosaigh. É tamall ón gheata, ach cosán breá leathan eatarthu. Lamborghini breá bán páirceáilte taobh leis an teach, mar aon le seanghluaisteán dubh. Déanaim nóta beag i m'aigne insint do Sabine cé chomh hálainn is atá a gluaisteán.

Nuair a shroichim an doras, brúim an cloigín agus seasaim siar píosa. Tá dath gorm ar an doras agus, faoi sholas na gealaí, feicim go bhfuil rud éigin scríofa ar an bhun. Cromaim síos chun é a léamh. Ní fhaighim seans a leithéid a dhéanamh mar, ag an bhomaite sin, cloisim torann agus seasaim arís, mé ag ceapadh go bhfuil duine éigin chun an doras a oscailt. Preabann mo chroí i mo bhéal nuair a chloisim guth domhain fir ag rá m'ainm. Airím lámh á leagan ar mo ghualainn ag an am céanna.

"Ahhhhhh!" a screadaim, eagla an domhain orm. Cé atá do mo leanacht an tráth seo den oíche? Tiontaím go gasta: Johann.

"Cad é faoi Dhia atá á dhéanamh agatsa anseo?" a deireann muid beirt den ala céanna.

"Imigh uaim," arsa mise de ghlam. "Ná bí do mo leanacht. Cén cleas atá á imirt agat orm?" a fhiafraím de go feargach, mé ar buile leis gur lean sé mé agus mearbhall orm faoin rud ar fad.

"Nach raibh tú ag dul go teach do dheirfiúr?" a fhiafraím dó, "nó an ag insint bréige a bhí tú?"

Leis sin, osclaítear doras tosaigh an tí agus scairdear solas amach orainn. Casann muid beirt …

10 ~ Johann

Osclaítear an doras agus feicim Sabine ina seasamh ann, í ag cur fáilte roimh Fhiona. Ní fheiceann sí mé go dtí an bomaite deireanach. Is ansin a thosaíonn sí ag béiceadh. Bhí a guth i gcónaí ró-láidir.

11 ~ Sabine

Scriostar achan rud nuair a thagann Fiona agus Johann. Ach tá an t-ádh liom mar éiríonn liom rabhadh a thabhairt do Roberto imeacht amach an cúldoras nuair a chloisim an cloigín. Tá a charr féin aige amuigh sa ghairdín agus tiomáineann sé leis abhaile i ngan fhios d'éinne (tá súil agam!). Sin an dóigh go bhfuil an oiread sin feirge orm is mé ag tabhairt amach do mo dhearthdir bocht. Dá mbeadh a fhios aige …

12 ~ Fiona

Is ait an mac an saol. Níor shíl mé riamh go dtarlódh rud chomh haisteach seo domsa. Go mbeadh mo pheannchara gaolta le duine nua a bhuail mé leis trí sheans. Ach sin mar atá.

Nuair a fheicim Sabine don chéad uair, baintear geit asam. Maidí croise aici! Ní raibh mé ag súil leis sin ar chor ar bith.

Cuireann Sabine fáilte mhór romham, agus guím go ndéanfaidh sí amhlaidh dá deartháir fosta. Ach, a luaithe is a fheiceann sí Johann, tagann athrú uirthi. Screadann sí agus tosaíonn sí ag eascainí agus tagann lear mór focail óna béal nár tháinig mé trasna orthu riamh is mé ag úsáid an fhoclóra Ghearmáinise. Í ar mire le fearg. Loinnir chontúirteach ina súile agus a lámha ag dul in achan áit. Tugann Johann seans di ar dtús ciúnú síos, ach i ndiaidh tamaill éiríonn sé féin an-chrosta.

"Dá mbeadh m'athair beo ní theastódh uaidh go bpósfá Roberto!" a screadann sé.

M'éadan lasta go bun na gcluas le náire agus mé i mo sheasamh anseo ag éisteacht leo, cé nach dtuigim cad é atá á rá acu. Níl a fhios agam cad é ba chóir dom a dhéanamh – imeacht uathu nó fanacht anseo. Caithfidh go bhfuil cúis mhaith leis an troid ar fad, a shílim. Cúis a fhiosróidh mé go luath.

I ndiaidh dóibh an racht a chur díobh, amharcann siad ormsa agus feicim go bhfuil aiféala orthu go bhfaca mé iad ag troid.

"Druid an doras!" a deireann Sabine go crosta le Johann agus cloisim Johann ag rá léi, faoina anáil, é a dhruideadh í féin. Ach, buíochas le Dia, ní chloiseann Sabine é.

Creidim nach raibh sé i gceist ag Sabine a deartháir a ligean isteach sa teach, ach de dheasca mise a bheith ann, mhothaigh sí go mbeadh sé ró-náireach a leithéid a dhéanamh.

Ofrálann Sabine plaic le n-ithe dom, ach i ndiaidh an lá fada, ní theastaíonn uaim ach dul a luí. A luaithe is a thaispeánann Sabine mo sheomra codlata dom, cuirim orm mo phitseámaí agus isteach sa leaba liom. Níl piliúr ar an leaba, rud atá an-chomónta san Eilbhéis.

Caoinim uisce mo chinn go ciúin séimh brónach. Ligim do na deora móra titim ar na braillíní agus spotaí a chruthú ar an leaba. Díomá an domhain orm nach bhfuil ag éirí go rómhaith leis an saoire go dtí seo. Deirtear nach é an dóchas a fhágann an duine, ach an duine a fhágann an dóchas. Bhuel, ag an bhomaite seo, sílim go bhfuil an dóchas imithe uaimse, agus ní a mhalairt. Tosaíonn na deora ag titim arís is mé ag machnamh ar an méid a tharla dom le gairid. Na sceitímíní a bhí orm is mé ag teacht chun na hEilbhéise imithe anois. Gan cuimhne agam ach ar Sabine agus Johann ag troid, agus mé ag mothú rud beag uaigneach i mo luí sa leaba seo i dteach eile, in áit eile, i dtír eile. Súil agam go mbeidh Sabine níos cairdiúla amárach agus nach mbeidh mé ag smaoineamh an oiread sin ar Bhéal Feirste agus ar mo sheomra leapa sa bhaile. Titim i mo chodladh agus tinneas cinn orm.

13 ~ Sabine

An mhaidin dar gcionn, déanaim iarracht speisialta d'Fhiona. Réitím bricfeasta mór Eilbhéiseach agus leagaim cupáin lán go barr le seacláid te amach ar an bhord. Ní éiríonn sí go dtí meánlae, í traochta i ndiaidh an taistil go léir, táim cinnte. Tuirse orm féin toisc girle guairle na hoíche aréir. Bíonn bricfeasta againn le Johann agus tosaíonn muid ag déanamh dreas cainte lena chéile.

"Cad é a shíleann tú faoin Eilbhéis go dtí seo?" a fhiafraím di. "An dtaitníonn sé leat?"

"Níl mórán feicthe agam go fóill, tá a fhios agat. Bhí sé dorcha aréir. Ach tá radharc álainn againn ón fhuinneog seo. Breathnaigh ar na sléibhte sin, agus an tírdhreach aoibhinn. Tá gluaisteán álainn agat, dála an scéil!"

"Meas tú? Níl inti ach seanfheithicil chaite. Níl rud ar bith speisialta fúithi!"

"Ó, cé leis an Lamborghini, mar sin? An ceann bán?"

Uh-oh, a smaoiním, carr Roberto! Mé ag súil nach raibh sé tugtha faoi deara ag éinne sa dorchadas.

"Lamborghini? Caithfidh go bhfuil dul amú ort. Níl aon Lamborghini amuigh ansin?"

"Ó, tá an ceart agat," a deireann Fiona i ndiaidh di sracfhéachaint a thabhairt ar an charrchlós, "caithfidh gur ag samhlú rudaí a bhí mé."

"Lamborghini bán?" arsa Johann, é ina lándúiseacht anois. "Tá ceann acu sin ag Roberto, nach bhfuil? An ghráin ar fad agam ar na gluaisteáin sin."

Déanaim neamhaird den méid a dúirt Johann, ach ní

éiríonn leis an chleas sin.

"Bhuel bhí cuma ghalánta ar an Lamborghini a chonaic mé aréir!" arsa Fiona go fonnmhar. "Taitníonn siad liomsa!"

"Ní hiad na cinn is deise ar domhan iad," arsa Johann, "ach, mar sin féin, tá siad costasach agus is aisteach an rud é gur bhac Roberto ceann acu a cheannach dó féin."

"An mbaineann sé a lán úsáid as an Lamborghini?" arsa Fiona.

Ní thugaim faoi deara gur ag labhairt liomsa atá sí go dtí go mbíonn ciúnas ann agus feicim an bheirt acu ag stánadh orm.

"Céard? Ó, ní bhaineann i ndáiríre. Is maith leis é a choinneáil glan agus sábháilte."

Tá Fiona fós ag stánadh orm, a súile dírithe ormsa go hiomlán.

"Ach tá an ceart agam, a Sabine, nach bhfuil?" arsa Fiona. "Bhí an Lamborghini anseo aréir! Cad chuige ar inis tú bréaga dom?"

"Ó, rinne mé glan dearmad gur tháinig Roberto anseo aréir," ar sí.

"Agus is ait an rud é ach ní cuimhin liomsa Roberto a fheiceáil sa teach nuair a tháinig mé isteach!" arsa Johann.

Iad beirt ag iarraidh trioblóid a chothú dom.

"D'imigh sé go gasta. Bhí sé le buaileadh le duine éigin," arsa mé, agus leis sin, éirím agus cuirim an citeal ar siúl arís. Cuidíonn fuaim an chitil leis an atmaisféar uafásach sa seomra a fheabhsú beagán.

"Ó," arsa Fiona, "bhuel, tarlaíonn sin dúinn uilig uaireanta!"

"Tarlaíonn. Is fearr nár bhuail tú leis ar scor ar bith," a

chloisim Johann ag rá léi os íseal.

Éirím rud beag teasaí faoi sin ach tuigim gur fearr an t-ábhar cainte a athrú gan mhoill. Déanann Johann sin dom.

"Ar aon nós, cad é ba mhaith libh a dhéanamh inniu?" ar sé.

É ag súil go dteastóidh uaim bheith in éineacht leis, an ea? In éineacht le duine atá ag déanamh iarracht mo bhainis a scriosadh? Ní dóigh liom é, arsa mé liom féin.

"Tá cathair darb ainm Susten gar go leor don mbaile seo. Tá sé ar an bhealach ar ais go dtí an t-aerfort. Is ann a chónaíonn Roberto, dá mba mhaith leat buaileadh leis? Tá bialann dheas nó dhó ann agus, má théann muid ann anois, tig linn cupán tae a fháil sula ndruideann achan áit le haghaidh an siesta. Ar mhaith leat sin a dhéanamh, a Fhiona?"

"Bheadh sin go hiontach, Sabine. Rud ar bith ar mian leatsa. Bheadh sé go deas buaileadh le Roberto ar deireadh. Tá achan rud cloiste agam fá dtaobh de!"

Feicim Johann ag tarraingt aghaidheanna gránna agus ansin imíonn sé as an seomra. Lig leis, a deirim liom féin. Tá fadhbanna pearsanta ag achan duine, dar ndóigh!

14 ~ Fiona

Ar a laghad tá bricfeasta deas agam ar maidin. É soiléir go bhfuil iarracht á déanamh ag Sabine i ndiaidh eachtraí drámata na hoíche aréir. Níl mórán fonn orm, i ndáiríre, dul ag taistil arís chuig cathair éigin. Mé breá sásta fanacht i Saas Fee agus cuairt a thabhairt ar an bhaile beag. Ach mothaím go dteastaíonn ó Sabine cuairt a thabhairt ar Roberto agus níor mhaith liom cur isteach uirthi.

I Susten, téann muid chun tae agus cáca a fháil i gcaife beag cois abhainn. Dath an-aisteach ar an uisce san abhainn, cineál liath i gcomparáid leis an uisce Éireannach.

"Sin de dheasca na cailce uilig ó na sléibhte," arsa Sabine liom.

An lá an-te ar fad agus Susten suite ar leibhéal i bhfad níos ísle ná Saas Fee. Mé ag caitheamh t-léine agus brístí gearra agus mé ar neamh. Na sléibhte ar achan taobh díom go hálainn ar fad.

Is ar imeall na cathrach atá teach Roberto. Teach trí-stór, agus é cruthaithe as bricíní. Seasann sé amach ó na tithe eile dá bharr. Tá formhór de na tithe eile cruthaithe as adhmad agus gan iontu ach foirgnimh dhá stór. Caithfidh go bhfuil Roberto réasúnta saibhir. Baintear an anáil asam nuair a fheicim an Lamborghini bán páirceáilte lasmuigh dá theach. An ceart ar fad ag Johann! Mé trína chéile mar gur inis Sabine bréaga dom, agus ní thuigim an chúis a bhí leo.

15 ~ Sabine

Is dócha nár cheart dom bréaga a insint d'Fhiona? Cad chuige a ndúirt mé nach raibh Lamborghini ann aréir? Níl a fhios agam. Is cuma liom. Níl a fhios agam. Nach cuma? Tá mé crosta. Ní thuigim. Tá mo chuid smaointe uilig ag rince thart i mo chloigeann. Cuidigh liom, duine éigin.

16 ~ Roberto

Cluinim seancharr torannach mo chailín, Sabine, sula bhfeicim í! Cara léi ina suí sa suíochán tosaigh. Spéis agam sa chara seo. Ní stadann Sabine ach a bheith ag caint fúithi. Caithfidh go bhfuil rud speisialta ag baint léi. Tréith iontach éigin, b'fhéidir. Pearsantacht dhochreidte, seans. Chun an fhírinne a rá, tá beagán éada orm, mar is cosúil go bhfuil níos mó spéise ag Sabine sa chara nua ná mar atá aici ionamsa. Iad suite sa charr ag caint agus mise i mo sheasamh mar amadán ag doras an tí. Tiontaím thart agus isteach sa teach liom arís. Druidim an doras de phlab. Cloiseann an bheirt acu an torann agus baintear geit astu. Amach le Sabine as an gcarr chomh gasta agus is féidir léi lena cos ghortaithe; eagla uirthi go bhfuil mise crosta léi. Osclaím an doras arís agus fáiltím roimpi. Mo dhóthain

déanta agam chun go dtuigfidh sí go bhfuil a cuid aird de
dhíth orm.

Nuair a fheicim an cara, Fiona, tá a fhios agam nach
bhfuil duine chomh hálainn léi feicthe agam riamh i mo
shaol. Láithreach, aithním a háilleacht dhochreidte, is í ag
siúl go galánta ach go láidir mar sin féin. Í tréan fuinniúil
beo. Misniúil. An mar sin atá achan Éireannach? a
fhiafraím díom féin. Isteach linn uilig sa teach i ndiaidh
dúinn aithne a chur ar a chéile. Labhraíonn Fiona le canúint
atá doiligh le tuiscint ar dtús. "Canúint Bhéal Feirste," ar sí.
Canúint iontach spéisiúil atá aici, agus bíonn sí ag caint go
gasta. É breá furasta ar dtús giota cainte a dhéanamh, agus
tae is caife a ól sa seomra suite. Ach i ndiaidh tamaill,
éiríonn ciúnas ciotach aníos agus fiafraím de Fhiona ar
mhaith léi an gairdín a fheiceáil.

"Bheadh sin go hálainn!" ar sí, í ag déanamh meangadh
gáire liom, "ach cad é faoi Sabine? Tá a cos iontach tinn?"

"Ó is cuma, ní bheidh muid i bhfad. Níl an gairdín
chomh mór sin."

"Tá sé," arsa Sabine go tobann, "tá sé iontach mór ar
fad, ach is cuma liom. Is cuma liom. Is cuma liom."

A fhios agam go maith cén fhadhb atá aici, ach ní
thugaim aird uirthi.

"Ar aghaidh linn, mar sin," a deirim le Fiona,
"rachaimid amach an doras tosaigh. Caithfidh mé mo
chuid spéaclaí gréine a fháil ón Lamborghini. Tá sé iontach
grianmhar lasmuigh."

"Beimid ar ais go luath," arsa Fiona le Sabine.

Aimsím mo chuid spéaclaí gréine sa ghluaisteán agus
tosaím ag taispeáint na mbláthanna áille agus codanna
éagsúla den ghairdín d'Fhiona.

"Tógfaidh mise an mála beag sin," a deireann Fiona, agus í ag síneadh méire i dtreo mhála atá ar an bhord sa seomra. "Líonfaidh mé le bláthanna agus clocha deasa é."

"Ceart go leor, ach bí cúramach nach stróiceann tú é. Caoga Euro a bhí air."

"Caoga Euro? Cad é atá ann? Mála do na spéaclaí?"

"Sin é. Ní raibh sé ró-chostasach."

"Ar son Dé, cá bhfaigheann sé an cineál sin airgid?" a chloisim í ag rá léi féin.

Ligim orm nach gcloisim an cheist. Baineann sí an-sult ar fad as an turas beag. An-spéis aici sna bláthanna "Eilbhéiseacha", mar a deireann sí féin.

"Agus an tusa a rinne an obair seo ar fad sa ghairdín?" a fhiafraíonn sí díom.

"Ní mé! Rinne na sean-úinéirí é go léir. Tá garraíodóir fostaithe agam fosta, dar ndóigh."

"D'fhostaigh tú duine chun dul ag obair ann?"

Ní thugaim freagra ar sin. Níl gá. Freagra díreach tugtha agam!

"Sin é, mar sin!" a deirim, nuair a shroicheann muid an doras tosaigh. "Isteach linn go Sabine arís."

"Go raibh maith agat, a Roberto. Bhain mé an-sult as an turas beag. Tá gairdín álainn agat. Is breá liom an teach beag samhraidh sin i lár na mbláthanna, ach go háirithe."

Tá áthas an domhain orm gur bhain sí taitneamh as. Nuair a fhilleann muid ar Sabine, tá cuma mhíshásta uirthi.

"Tá sibh ar ais," ar sí. "Ar thaitin an gairdín leat, a Fhiona?"

"Thaitin, go raibh maith agat," arsa Fiona. "Tá sé iontach deas. Tá na bláthanna chomh geal agus tá cumhráin áille uathu."

"Ar mhaith leat cúpla grianghraif a fheiceáil de?" arsa Sabine. "Ghlac mé a lán cinn i rith an Gheimhridh agus an Earraigh. Tá siad sa charr agam, más spéis leat iad a fheiceáil?"

"Cinnte, ba mhaith. Gheobhaidh mise iad, tá do chos tinn. Fan ansin," a deireann Fiona.

"Tá sé ceart go leor, a Fhiona, tá mé lán ábalta iad a fháil." Ach tá Fiona imithe cheana féin.

"Ná bí chomh hamaideach, a Sabine. Lig di cuidiú leat. Tá a fhios agam nach dtaitníonn sé leat nuair atá tú dímríoch mar seo, ach caithfidh tú glacadh leis am éigin," a deirim go bog le mo chailín.

"Druid do bhéal tusa," ar sí de ghuth ciúin contúirteach liom, "agus éirigh as a bheith ag tabhairt na súl d'Fhiona. Ná ceap nach bhfaca mé tú. Tá a fhios agam go maith go raibh tú ag iarraidh í a fháil ina haonar amuigh ansin. Ní óinseach atá ionam."

"Ní raibh mé ag déanamh aon rud den chineál. B'shin é atá ag cur isteach ortsa? An dóigh leat go bhfuilim i ngrá le Fiona? Ar son Dé, bíodh ciall agat, a Sabine. Is leatsa atá mé i ngrá."

Leis sin, tarraingím Sabine chugam agus tugaim póg éadroim di ar an éadan. Braithim an teannas ag imeacht uaithi agus ligim osna faoisimh asam.

17 ~ Fiona

Áthas orm an deis a fháil imeacht ón bheirt sin ar feadh ghiota bhig. A fhios agam go maith go raibh rud ag cur isteach ar Sabine, agus is féidir liom buille faoi thuairim a thabhairt gur éad atá ann. Roberto ag caint an iomarca liom, b'fhéidir. Siúlaim go dtí gluaisteán Sabine agus osclaím an doras tosaigh chun na grianghraif a fháil di. A luaithe is atá siad agam i mo lámh, cloisim gluaisrothar ag teacht i mo threo. Tiontaím thart agus feicim fear beag ag léim den ngluaisrothar. Siúlann sé go gasta i mo threo. Aithním éadan an fhir bhig atá os mo chomhair láithreach bonn. Smaoiním siar go dtí an lá sin in Aerfort Milan, nuair a thit mé i mo chodladh ar feadh tamaill. Is cuimhin liom go maith an bhrionglóid aisteach sin a bhí agam, agus an fear beag seo, lena ghruaig fhada shlíocach, agus a shúile fuara gorma. Liath atá siad níos mó ná gorm, sílim, is é ag stánadh orm anois. Ní deirim rud ar bith. Is eisean a thosaíonn ag caint liomsa – in Iodáilis, aisteach go leor.

"Cad é atá a dhéanamh agatsa i dteach Roberto?" a fhiafraíonn sé díom go bagrach. "Cé tú féin?"

Nuair a fheiceann sé mé ag amharc air agus cuma óinsí orm, fiafraíonn sé an cheist chéanna díom, ach i mBéarla an uair seo.

"Ní dóigh liom gur gnó duitse sin," arsa mé, "tá lánchead agam cuairt a thabhairt ar dhuine gan daoine cosúil leatsa a bheith ag iarraidh eagla a chur orm."

Feicim a shúile ag líonadh le teann feirge, ach nuair a labhraíonn sé arís tá a ghuth suaimhneach ciúin.

"Bhuel, tá mise ag cur fainice ort. Rabhadh amháin. Fan amach ó Roberto. Níl tú de dhíth orainn."

"Cad é atá i gceist agat? Cheapfá gur coirpeach atá i Roberto, ón slí a labhraíonn tú faoi."

Amharcaim go gasta ar lámha an fhir. Iad folamh. Buíochas le Dia. Scanradh orm go mbeadh gunna nó scian nó rud eile dá leithéid aige.

"Nílim ag rá rud ar bith. Tháinig mé anseo ar cuairt rúnda ar Roberto agus ní raibh mé ag súil leatsa a bheith sa tslí orm."

Siúlann sé go dtí doras an tí agus scairteann sé ar Roberto. Leanaim é go mall. Cúpla soicind ina dhiaidh sin, tagann Roberto go dtí an doras. Tugaim faoi deara go bhfuil a mhála beag dubh, a chosnaigh caoga Euro, fós agam. Tógaim na clocha deasa amach as agus tugaim an mála ar ais do Roberto.

"Go raibh maith agat," ar sé. "Ar aghaidh leat isteach sa teach anois, agus amharc ar na grianghraif sin le Sabine. Tá gnó agam leis an fhear seo."

Déanaim mar a iarradh orm, mé ag éirí an-fhiosrach ar fad. Cé hé an fear seo a bhfuil gnó rúnda aige le Roberto? Cad chuige ar thug sé an rabhadh sin dom? Agus cad é atá ar siúl ag Roberto, i ndáiríre? Tá rud amháin ar eolas agam ar aon nós. Bhuel, dhá rud: tá cúram aisteach éigin ar siúl ag Roberto, agus fosta, tá sé iontach, iontach dathúil!

18 ~ Sabine

Is fuath liom na maidí croise seo. Is fuath liom an tslí go gcaitheann daoine liom ar nós duine nach dtig léi rud ar bith a dhéanamh dá mbarr. Tá an saol seo lofa i láthair na huaire. Roberto i ngrá le Fiona + Fiona i ngrá le Roberto = mise fágtha le mo chuid maidí croise = uaigneas = fearg = féintrua.

Músclaítear ó mo chuid drochsmaointe mé, nuair a chlosim duine éigin ag scairteadh ar Roberto os ard. Ar dtús, sílim gur Fiona atá ann, ach i ndiaidh bomaite nó dhó, cloisim an duine ag scairteadh arís agus tuigim gur fear atá ann.

"Cé hé sin?" a fhiafraím de Roberto go borb, ach, i ndáiríre, níl mé ag súil le freagra. Tagaim ar cuairt go minic chuig Roberto, agus beagnach achan uair, buaileann duine éigin isteach chun a bheith ag caint go rúnda leis.

"Níl a fhios agam, a chroí. Níl mé ag súil le cuairteoir. Rachaidh mé chun an scéal a fhiosrú."

A luaithe is atá sé imithe ón seomra, éiríonn racht feirge eile aníos ionaim. Johann is cúis leis an iarraidh seo. An dearthaír sin atá ag iarraidh stad a chur le mo bhainis. Tuigim anois cad chuige ar dúirt na múinteoirí ar scoil go raibh mé i gcónaí ag gearán faoi rud éigin. B'fhíor dóibh, ceart go leor. Ach ní ormsa atá an milleán. Is cosúil go dtarraingím fadhbanna chugam, mar a dhéanann maighnéid. Ó, a Chríost! Seo chugainn Fífí, grá geal úr Roberto. Fadhb eile.

19 ~ Roberto

Tá beagáinín eagla orm nuair a chloisim guth Marco. Ní raibh mé ag súil go mbeadh sé ar ais sa tír go ceann cúpla lá eile. I ndiaidh d'Fhiona dul isteach sa teach, suím isteach i mo Lamborghini leis agus fiafraím dó cad é an scéal atá aige dom.

"Ar éirigh leat an stuif sin a fháil, a Mharco? Tá tú luath ag filleadh ar an Eilbhéis."

Labhraím in Iodáilis leis. Dar ndóigh, is as an Iodáil domsa ó dhúchas agus chaith mé tréimhse fada de mo shaol ann.

"D'éirigh liom, ach ní bhfuair mé an deis conradh nua a fháil, mar a bhí beartaithe againn. Ba chosúil go raibh na póilíní thall san Iodáil ar an eolas go raibh rud éigin ar siúl. Tá siad scanraithe anois. Cén bhean óg atá ar cuairt ort, a Roberto?"

"Céard atá á rá agat? Ní bhfuair tú an conradh? A Mharco, tá an dream thall in Hamburg ag éirí mífhoighneach. Tá a fhios agat go bhfuil an conradh nua sin de dhíth orainn. Tá barraíocht éilimh ar an stuif seo anois. Agus, cé nach gnó duit é, is cara le mo chailín í an bhean óg a luaigh tú. Tá sí ag teacht ag an bhainis. Ná habair go raibh tú ag caint léi?"

"Thug mé rabhadh di fanacht amach uait, sin uile. Ní raibh a fhios agam cé hí féin."

"A amadáin! Is bean óg chliste í, agus anois beidh sí ar an airdeall. Tuigfidh sí go bhfuil rud éigin ar siúl. Sin é an rud is measa a d'fhéadfá a dhéanamh. Go raibh míle maith agat."

"Níl gá leis an ghéarchaint, a Roberto. Caithfimid a

bheith cúramach. É sin, ach go háirithe, mar go bhfuil rud éigin ar eolas ag na póilíní."

"Conas a bhfuil a fhios agat sin?"

"Bhuel, is dóigh liom go bhfuil, mar achan áit a théim, bíonn siad i gcónaí le feiceáil. Agus nuair a labhair mé leis an chomhlacht eile sin, dúirt siad go raibh na póilíní ar an eolas go raibh siad ag déanamh iarracht an stuif a dhíol go mídhleathach le dream éigin san Eilbhéis. Caithfidh gur inis duine de na hoibrithe thall ann do na póilíní faoinár bplean. Caithfimid a bheith an-chúramach go deo, a chara. Ar aon nós, tá an stuif a fuair mé ónár seansoláthróirí san Iodáil i bhfolach agam sa ghnátháit. Beidh Paul ag teacht anocht as Hamburg chun é a thabhairt ar ais ann. Le cúnamh Dé, ní bheidh fadhbanna ar bith aige."

"A Mharco, tá a fhios agatsa, ach an oiread liom féin, go bhfuil conradh nua de dhíth orainn go gasta. Níl ach mí fágtha againn leis na soláthróirí atá againn i láthair na huaire."

"Rinne mé mo dhícheall. Déanfaidh mé iarracht eile amárach, a Roberto, in áit eile thall ann."

Ach ní raibh d'iarracht maith go leor, a Mharco, a deirim liom féin. Meancóg eile agus beidh do shaol i mo lámha agam.

"Ceart go leor, a Mharco, ach is i dtrioblóid a bheidh tú, agus mé féin, mura bhfaigheann muid an conradh go gasta. Déan iarracht eile, agus buailfidh mé leat arís go luath. Caithfidh mé imeacht. Tá mo chailín agus an cara Éireannach sin anseo!"

"Slán leat mar sin."

Imíonn Marco láithreach ar a ghluaisrothar, agus isteach liom sa teach.

20 ~ Sabine

Amharcaim ar na grianghraif le Fífí ar feadh tamaill. Is breá liom a bheith ag glacadh grianghraif, agus caithfidh mé a rá go bhfuil cuma an-phroifisiúnta ar fad orthu. Níl mórán de chomhrá ar siúl eadrainn go dtí go dtosaím ag caint faoi Roberto. Spéis aici a bheith ag caint faoi mo bhuachaill, táimse ag rá leat!

"Cad é a shíleann tú de Roberto, a Fhiona? Inis an fhírinne dom."

"Ó! Is duine iontach, iontach deas atá ann! Tá sé furasta comhrá a dhéanamh leis, agus tá teach agus gluaisteán galánta aige, nach bhfuil?"

"Tá, cinnte. Is maith liom go dtaitníonn sé leat. An dóigh leat go bhfuil sé dathúil?"

"Tá sé fíordheas ag breathnú, a Sabine. Oireann sé go maith duit. Níl a fhios agam cad chuige a bhfuil fadhb ag Johann leis. Beidh orm ceist a chur air faoi sin."

"Ná bac. Ní fiú bheith ag caint leis faoi. Tá sé chomh caolaigeanta sin."

"Ach sin an rud nach dtuigim. Níl sé caolaigeanta ar chor ar bith, ón aithne atá agamsa air."

Nuair a chloisim sin, tá a fhios agam go bhfuil rud éigin neamhghnách cluinte agam. Aithne ag Fiona ar Johann? Ní raibh sí fiú ag caint leis i gceart fós. Ní dúirt sí ach 'slán' leis ar maidin!

"Ach níl aithne agatsa air, a Fhiona!"

"Ó, tá! Bhuail mé leis i Milan agus bhí muid ag suí in aice le chéile ar an eitleán. Rinne muid comhrá le chéile, an bhfuil a fhios agat?"

"I ndáiríre? Agus cén t-ábhar cainte a bhí agaibh?"

"Bhuel, ní raibh a fhios agam gur deartháir leatsa a bhí ann ag an am. Labhair muid faoi mhórán rudaí, idir cheol agus spórt agus pholaitíocht."

Spéis agam a fháil amach an ndúirt Johann rud ar bith fúmsa, nó faoin fháth go raibh sé ag teacht ar cuairt chugam, ach ní theastaíonn uaim barraíocht ceisteanna a chur. Ní maith an rud é a bheith ró-fhiosrach!

"Bhuel, tá sé deas go dtaitníonn mo dheartháir leat, ach, ag an bhomaite seo, níl agam ach drochsmaointe faoi. Sin an saol …"

"Tuigim. Níl a fhios agam cad chuige an bhfuil sé chomh claonta in éadan Roberto. Gheobhaidh mé amach, go luath."

21 ~ Fiona

Áthas orm nuair a thosaíonn Sabine ag caint i gceart liom, mar, i ndeireadh an lae, tá mé ag tnúth go mór le aithne cheart a chur uirthi, i ndiaidh na litreacha uilig a sheolamar ag a chéile. Níl mé ag iarraidh a rá léi faoin fhear aisteach sin ar an ghluaisrothar. Ní dóigh liom go bhfuil an t-eolas sin de dhíth ar an bhean bhocht. Is cosúil go bhfuil frustrachas uirthi faoina cuid maidí croise. Tuigim di. Tá a fhios agam go raibh sí ag iarraidh go ndéarfainn rud a léireodh go raibh mé i ngrá lena buachaill, Roberto, ach choinnigh mé mo chuid freagraí simplí, gonta agus fíor. D'admhaigh mé go bhfuil sé dathúil, ach is léir sin don dall féin, agus ní theastaíonn uaim bréaga a insint do mo chara. Duine macánta a bhí ionam i gcónaí.

Tagann Roberto ar ais laistigh de chúig bhomaite déag, agus fágann muid go luath ina dhiaidh sin, 'chun greim le n-ithe a fháil in áit éigin', mar a dúirt Sabine. Sin a dúirt sí ar scor ar bith.

"Tá neart bia agamsa sa teach, a Sabine," arsa Roberto. "Níl gá daoibh imeacht chomh luath seo!"

"Bhuel, teastaíonn ó Fhiona dul ag spaisteoireacht thart. Tá sí ar laethanta saoire, tá a fhios agat!"

Mé beagáinín crosta gur mise a d'úsáid sí mar leithscéil, ach leis an fhírinne a rá, *tá* mé ag iarraidh imeacht ón teach agus beagáinín turasóireachta a dhéanamh! Tá go leor cluinte agam faoin Eilbhéis agus tá mé ag tnúth go mór leis na sléibhte áille a fheiceáil.

"Bhuel, imígí mar sin, má theastaíonn uaibh. Ar mhaith libh dul ag sciáil liom amárach, i Saas Fee, agus dul ar na carranna cábla, b'fhéidir?"

"Bhuel, sin é an plean a bhí agamsa agus ag Fiona, ach anois tá mo chos briste ...," arsa Sabine go brónach.

"Nach cuma? Tig leatsa bheith ag amharc orainn. Múinfidh mé d'Fhiona conas a bheith ag sciáil, agus ansin, nuair a bheidh biseach tagtha ar do chos, beidh sibh in ann a bheith ag sciáil i gceart le chéile!"

"Bheadh sin iontach maith!" arsa mise, go ró-ghasta, b'fhéidir, mar feicim Sabine ag amharc orm go míshásta. "Is é sin, más cuma le Sabine!"

"Ó, beidh Sabine go breá. Nach mbeidh tú, a chroí?" arsa Roberto. "Ní duine leithleach atá inti," a mhíníonn sé domsa.

Ciotaíl chiúnais soicind nó dhó.

"Cinnte, cibé rud a theastaíonn ón chuairteoir."

Ach níl rogha aici rud ar bith eile a rá. Feicim éadan Sabine ag tiontú ó dhonn go dearg go gorm, a cuid súile ar lasadh. Ní thuigim cad chuige an bhfuil sí chomh crosta. I ndeireadh an lae, thug sí cuireadh dom cuairt a thabhairt uirthi agus tá a fhios aici go raibh mé ag tnúth go mór le dul ag sciáil. Fosta, beidh sí fós in éineacht liomsa agus Roberto, fiú mura mbeidh sí ag sciáil.

"Baileoidh mé sibh maidin amárach ag bhur dteach, mar sin. Beidh mé ann ag thart fá a deich a chlog," arsa Roberto. "Slán libh!"

"Ádh mór!" a deirim, ach ní thugann Sabine freagra air.

Tugann sí eochracha a carr dom arís, agus isteach liom i suíochán an tiománaí. An cailín bocht – níl sí in ann tiomáint fiú. Caithfidh gurb é sin is cúis lena drochghiúmar!

22 ~ Johann

Bhí mé ar buile le Fiona agus Sabine ar maidin. A leithéid de dhrochbhéasa ón bheirt acu. An rud a chuireann isteach ormsa is ea nach raibh cúis le haon chuid de. Bhí mé iontach deas agus cairdiúil le Fiona. Níl an locht ormsa go raibh an ceann scríbe céanna againn! Táim cinnte go mbeidh sí deas liom nuair a fhilleann sí ó theach Roberto. Ar son Dé, i ndiaidh lá iomlán a chaitheamh leis an bheirt sin, beidh comrádaí úr de dhíth go géar uirthi!

Maidir le Sabine, níl mé ag déanamh rud ar bith ach í a chosaint ón fhear aisteach sin, Roberto, lena Lamborghini mór costasach agus a theach álainn. Ní duine deas é agus tá sin ar eolas agamsa níos fearr ná duine ar bith eile. Tá Sabine ró-óg chun é a phósadh ar aon nós. Ceart go leor, is cuma faoi aois nuair atá daoine i ngrá, ach fós … Tá sé ró-dhathúil fosta. Nuair atá duine chomh dathúil sin, tá an baol ann go bpósfaidh bean é de bharr a chuid súile, nó a chuid gruaige agus araile, agus ní de dheasca a phearsantacht agus a chroí. Tá imní orm nach dtuigeann mo dheirfiúr beag gur cinneadh iontach mór agus tábhachtach atá i nduine a phósadh, agus gur féidir leis do shaol a scriosadh nó a mhalairt. Tá an baol sin ag baint leis. Téim a chodladh arís i ndiaidh dóibh imeacht ón teach. Tá an teach thar a bheith ciúin – tá mo mháthair i bPáras, ag ceannach éadaí agus trealamh don mbainis. Ach caithfidh mé a admháil nach éiríonn liom dul a chodladh. Don chéad uair le tamall, bíonn tromluí agam. É go holc ar fad. Ní cuimhin liom rud ar bith ach go raibh Fiona á tógáil uaim ag duine éigin. An bhrionglóid chéanna a bhíodh agam i ndiaidh bhás m'athair. Ach an uair seo is í Fiona a bhí á tógáil uaim agus ní m'athair.

Cad chuige an bhfuil an oiread sin bróin, an oiread sin feirge, an oiread sin scanraidh orm? Níl in Fiona ach bean óg eile. Bean óg álainn, a deireann m'intinn liom, bean óg álainn a thaitníonn go mór leat, a Johann. Glac leis.

Ach ní theastaíonn uaim glacadh leis. Nach raibh fearg orm faoina cuid iompar sula ndeachaigh mé a chodladh? Agus anois tá mé ag éirí bog!

Caithim an chuid eile den lá ag dul ar cuairt ar chairde liom. Níl siad feicthe agam le tamall anuas de bharr mo phost i Milan. Ach i gcaitheamh an ama, níl sé de chumas agam m'aird a tharraingt ó mo chuid smaointe faoi mo dheirfiúr … agus Fiona. Agus Roberto, dar ndóigh. Fillim ar an teach um thráthnóna. An bheirt bhan ar ais ann, is cosúil. Feicim carr Sabine.

Sula dtéim isteach sa teach, geallaim dom féin nach ndéarfaidh mé rud ar bith a léireoidh go bhfuil fearg orm nár chaith siad aon am liom. Ní thabharfaidh mé an sásamh sin dóibh.

23 ~ Sabine

Níl mé sásta le Roberto *ar chor ar bith*. Go tobann, tá sé ag iarraidh dul ag sciáil le Fiona, agus cé nach maith liom é a rá, tá a fhios agam nach cineáltas atá mar chúis leis. Sin seafóid amach is amach. Tá sé ag iarraidh a bheith in éineacht *léi*. Le mo 'chara'. Dá dteastódh uaidh bheith in éineacht *liomsa*, rachadh sé le haghaidh béile nó rud éigin liom. Beidh mise ag amharc ar an bheirt sin ag sciáil agus beidh mé fuar cantalach brónach. Níl an saol seo ceart ná cóir.

24 ~ Roberto

Tá mé ag tnúth go mór le dul ag sciáil. Tabharfaidh sé deis don triúr againn aithne níos fearr a chur ar a chéile. Bhuel, caithfidh mé a rá nach fíor sin. Tabharfaidh sé deis domsa aithne níos fearr a chur ar Fhiona agus sin uile.

Tuigim an dóigh go bhfuil Sabine cineál cantalach. Ach, ar an lámh eile, is cara maith a bheadh in Fiona agus an é nach bhfuil cairde ceadaithe nuair atá fear ar tí pósadh? Ba mhaith liom an dá bhean a chur as m'intinn ar fad don chuid eile den lá. Tá rudaí níos tábhachtaí agam le bheith ag machnamh orthu. Mar shampla, an fhadhb leis an chonradh úr sin. Tá súil le Dia agam go n-éireoidh go maith le Marco um an dtaca seo. Tá mé ag cur an oiread iontaoibhe ann …

25 ~ Fiona

Tá am dinnéir go hainnis. Nuair a deirim go hainnis, 'sé an rud atá i gceist agam ná go bhfuil an t-atmaisféar sa seomra lofa ar fad. Tá an bia go hálainn – le milseog álainn de 'Apple Streudel', atá an-chomónta anseo san Eilbhéis. Ach ní fhéadfadh an mhilseog is milse ar domhan beagáinín grá a chothú idir an triúr againn ar an lá áirithe seo. Is é Johann a réitíonn an dinnéar, nach mbeadh a fhios agat! Tá sé cosúil le searbhónta atá ag brath orainn fá choinne pá, cé nach pá atá uaidh. Tuigim go bhfuil iarracht á déanamh aige síocháin a choinneáil lena dheirfiúr, agus, cé go gcuireann sé náire orm é a rá, b'fhéidir liomsa fosta, i ndiaidh an tslí gur chaith mé leis. Ach ní hé seo an t-am le bheith ag mothú ciontach. B'fhearr dom a bheith ag smaoineamh ar an am i láthair agus ar an fhadhb mhór atá tagtha chun solais.

Caithfidh mé a rá go bhfuil mise breá sásta giota cainte a dhéanamh le Johann bocht i ndiaidh dó lá a chaitheamh leis féin sa teach, is dócha, agus i ndiaidh domsa lá a chaitheamh ag cothú trioblóide do Sabine, is cosúil. Ach, agus Sabine ina suí ag an bhord céanna, tá sé doiligh a leithéid a dhéanamh. Feicim í ag amharc orm is mé ag caint ag an tús lena deartháir, agus ní ag amharc orm go grámhar atá sí! Ní dhéanann sí iarracht ar bith. Ní deireann sí focal ach amháin nuair atá cupán de dhíth uirthi. Is léir go bhfuil sí ar buile agus is mise is cúis lena cuid feirge, táim cinnte. Chomh maith le Johann.

Tagann críoch le achan rud am éigin, áfach, agus a

luaithe is a imíonn Sabine ón bhord, chun a cuid gruaige a ní, tosaíonn Johann ag caint liom.

"Cad é mar a bhí do chéad lá san Eilbhéis mar sin, a Fhiona? Ar bhain tú sult as an gcomhluadar breá?"

"Bhí sé ceart go leor, is dócha. Ní dhearna muid mórán ach buaileadh le Roberto, i ndáiríre. Bhí sé iontach deas liom agus beimid ag dul ag sciáil leis ag am lóin amárach. Tig leatsa teacht, más mian leat? Tá mé ag tnúth go mór le triail a bhaint as an sciáil, an dtuigeann tú, agus, dar ndóigh, ní thig le Sabine móran a dhéanamh lena cos tinn."

Tá ciúnas ann ar feadh cúpla bomaite i ndiaidh dom an nuacht a bhriseadh ar an fhear bocht. Cuireann sé isteach orm go bhfuil sé chomh tógtha liom is a shílim go bhfuil. Ní maith an rud é d'fhir bheith ar fáil chomh héasca sin!

"Nach deas an rud sin! Tá súil agam go mbainfidh tú sult as. Ní dóigh liom go rachaidh mé féin, ach go raibh maith agat as an chuireadh. Níl mé féin agus Roberto ró-cheanúil ar a chéile, an dtuigeann tú. Thaitin Roberto leat féin, mar sin?" ar sé.

"Bhuel, bhí sé thar a bheith deas liomsa, sin uile atá ar eolas agam. Bhí neart cainte aige agus thaispeáin sé a ghairdín dom. Nílim ag rá nach bhfuil fírinne ar bith le do scéal faoi, áfach, má tá ceann agat. Tabharfaidh mé cluas na héisteachta do rud ar bith ar mhaith leat a rá liom faoi."

Deirim sin leis, ach is ag mothú giota beag amhrasach atá mé is é á rá agam. Barúil agam go dtaitneoidh Roberto níos lú fós le Johann i ndiaidh dó a chloisteáil faoin sciáil amárach.

"An bhfuil tú cinnte go dteastaíonn uait mo bharúil faoi Roberto a chluinstin?" a fhiafraíonn sé díom. "Níl mé ag iarraidh tú a chur faoi bhrú. Tuigim nach bhfuil tú anseo

ach ar saoire agus is dócha nach bhfuil tú ag iarraidh
bheith bainteach leis an rud seo ar chor ar bith. Níl sé ceart
go mbeadh tusa tarraingthe isteach ann."

Sílim gur rud iontach deas é sin le rá. Is léir go bhfuil
Johann ag smaoineamh orm is é á rá sin, nó is aisteoir
dochreidte atá ann murab ea!

"Cinnte, éistfidh mé leat, a Johann. Beidh sé spéisiúil do
thaobh den scéal a chluinstin i ndiaidh dom buaileadh le
Roberto. Chun an fhírinne a insint, tá barúil agam féin go
bhfuil rud éigin á cheilt ag Roberto orainn uilig. Níl a fhios
agam an bhfuil an ceart agam, ach is de dheasca eachtra
beag a tharla dom is mé ar cuairt aige atáim á rá seo.
Casadh fear an-amhrasach orm is mé ag a theach. Ach ní gá
domsa a thuilleadh a rá. Ar aghaidh leat féin."

Ach tá Johann ag stánadh orm idir an dá shúl, é
lándáiríre.

"Bhuail tú le fear ag teach Roberto? Cén chuma a bhí air?"

"Bhí sé iontach beag agus bhí gruaig fhada aige, sílim.
Cad chuige?"

Feicim láithreach go bhfuil sceitimíní ag teacht air, ach
leanann sé ar aghaidh ar nós cuma liom.

"Spéisiúil, spéisiúil. Ar scor ar bith, tá cúpla fáth leis an
easpa muiníne atá agam as Roberto. Caithfidh mé a
admháil gurb é ceann díobh seo ná an tslí go bhfuil sé deich
mbliana níos sine ná mo dheirfiúr agus is dóigh liom féin
go bhfuil sé róshean di. Tá a fhios agam go bhfuil seo
seanfhaiseanta agus is dócha nach n-aontaíonn tú liom, ach
sin an saol. Sin an barúil atá agam féin."

An ceart aige faoi sin. *Ní* aontaím leis, mar tá mise den
bharúil gur cuma cén bhearna atá idir daoine maidir le
haois – gan dul thar fóir ar fad. Ach leanaim orm ag

tabhairt cluas na héisteachta don fhear bocht. Trua agam dó anois, mar tuigim go bhfuil sé imníoch faoina dheirfiúr óg cé nach bhfuil sé féin ach beagán níos sine ná í, agus gur de bharr an grá atá aige di a chothaíonn sé trioblóid dó féin.

"An dara cúis atá agam is ea go bhfuil rud éigin, mar a dúirt tú féin, á cheilt aige orainn. Cén post atá ag an fhear saibhir seo?"

"Tá Roberto ag obair sa bhanc, i bpost le dea-phá," arsa mé, "nó sin a dúirt Sabine liom."

"Cinnte, cinnte, sin a deireann Sabine. Ach cá bhfuil an banc seo? Agus cad chuige nach labhraíonn ceachtar acu riamh faoina phost?"

"Bhuel, táim cinnte go mbíonn siad ag labhairt faoi anois is arís. Ní bhíonn tú leo go ró-mhinic, a Johann! Bhí tú ag obair san Iodáil go dtí le déanaí!"

Ach is cosúil nach bhfuil sé ag éisteacht liom ar chor ar bith. Leanann sé ar aghaidh ag caint, é thar a bheith teasaí faoin rud ar fad.

"Agus an fear sin a chonaic tú inniu, tá sé feicthe agam cúpla uair fosta. Cuma choirpigh air, cuma fhoréigneach. Uaireanta tagann fear eile fosta, fear le canúint cosúil le do chanúint féin, a Fhiona. Éireannach, is dócha. Sea, Éireannach. É lonnaithe i dtuaisceart na tíre."

Ní ligim dó a thuilleadh a rá.

"A Johann, is dóigh liom go bhfuil tú ag dul thar fóir le do chuid tuairimí. An bhfuil fadhb éigin agat le hÉireannaigh nó cad é an scéal?"

"Ach éist liom. Tá tuilleadh le rá agam …"

Ach tá mo chuid foighde uilig ídithe faoin am seo.

"Imigh leat, a Johann, tá dóthain cloiste agam. Ní thig liom éisteacht le do chuid ráiméise a thuilleadh."

Leis sin, sciurdaim amach as an gcistin agus téim i bhfolach i mo sheomra codlata.

A luaithe is a dhruidim an doras, tagann cathú orm faoi mo chuid mífhoighde. In ainm Dé, a deirim liom féin, nach féidir leat do chuid foighne a smachtú i gceart? Cá bhfios nach bhfuil eolas tábhachtach éigin ag Johann a bhí sé ar tí a rá liom? Tá an méid a dúirt sé faoin fhear sin spéisiúil … Ach is dócha nach dteastaíonn uaim éisteacht leis a thuilleadh ar aon nós. Luím ar mo leaba agus, den dara huair i ndá lá, cuirim m'éadan ar an philiúr agus ligim do na deora sileadh de mo shúile.

26 ~ Johann

Shíl mé go raibh Fiona ar aon taobh liom arís, ach ní mar a shíltear a bítear i gcónaí, mar a deirtear. Níl a fhios agam cad chuige ar éirigh sí chomh mífhoighneach sin – ní raibh mé ach ag iarraidh scéal fada a dhéanamh as chun giota airde a fháil uaithi. Bhí a cuid súile áille ag amharc orm agus bhí na brícíní gleoite ar a héadan ag rince faoin solas. Bhuel … is dócha go bhfuil mé ag dul thar fóir.

I ndeireadh an lae, tá a fhios agam nach bhfuil seans ar bith agamsa léi má tá súile Roberto anois uirthi! Is cosúil go bhfuil sí meallta go maith aige – í ag súil le dul ag sciáil leis agus achan rud eile. Ní fiú a bheith ag machnamh fúithi a thuilleadh.

Shíl mé go raibh an dinnéar go hálainn, ach anois nílim chomh cinnte. D'fhéadfá a rá go bhfuil fonn urlacain anois orm – seo chugainn an leithreas …

27 ~ Sabine

Tá mé i mo dhúiseacht sa leaba go fóill – ceathair a chlog ar maidin. Mé ag smaoineamh gan stad gan staonadh. Ag machnamh go domhain ar an staid ina bhfuil mo shaol. Tá sé doiligh a chreidbheáil go mbeidh mé pósta le Roberto faoi cheann cúpla lá. Tuigim gur céim mhór í pósadh, agus anois is mé ag smaoineamh air, an bhfuil dóthain aithne agam ar Roberto chun an chéim seo sa saol a ghlacadh in éindí leis? Déarfainn go bhfuil, ach mar sin féin, nuair a bhíonn achan mac máthar ag ceistiú an ghaoil eadrainn, táim ag éirí neamhchinnte.

De réir mar atá mé ag smaoineamh, tá mé ag éirí míchompordach, agus tá náire orm faoi mo chuid iompair agus faoin slí ar chaith mé le Johann agus le Fiona. Teastaíonn uaim maithiúnas a lorg uathu agus éisteacht lena bhfuil le rá acu. Titim i mo chodladh i ndiaidh dom geallúint a thabhairt dom féin go mbeidh mé an-deas agus an-chairdiúil nuair a mhúsclóidh mé maidin amárach, agus go ndéanfaidh mé iarracht achan rud a chur ina cheart arís. Ní theastaíonn uaim go leanfaidh an choimhlint agus na hargóintí ar aghaidh. Beartaím ar chríoch a chur leo láithreach.

28 ~ Fiona

Dúisím lán d'fhuinneamh agus mé ag tnúth go mór le dul ag sciáil. Léimim síos an staighre, mé ag súil le Sabine a fheiceáil ag ullmhú an bhricfeasta, cé nach bhfuil mé ag súil go mbeidh cuma ró-shásta uirthi. Ionadh orm nuair a fheicim nach bhfuil duine ar bith eile sa seomra bia nó sa chistin.

An teach thar a bheith ciúin. Amharcaim ar m'uaireadóir. Beagnach a leath i ndiaidh a naoi, agus beidh Roberto anseo ag a deich a chlog. Aisteach, a deirim liom féin, ach b'fhéidir go bhfuil Sabine ag gléasadh go fóill. Imní orm i ndiaidh dom mo bhricfeasta a ithe, cith a ghlacadh agus gléasadh.

Cnagaim ar dhoras Sabine, go héadrom ar dtús, ach ansin níos láidre nuair nach bhfaighim freagra. Osclaím an doras go ciúin tomhaiste go dtí go bhfuil mé in ann leaba Sabine a fheiceáil. Í ina luí ar an leaba, ag caitheamh na héadaí céanna is a chaith sí ag am dinnéir aréir. Feicim a corp ag bogadh suas is anuas de réir mar atá sí ag análú. Is léir go bhfuil sí thar a bheith tuirseach, agus socraím gan í a dhúiseacht. Cá bhfios cad é a dhéanfadh sí liom dá ndúiseoinn í nuair atá sí ag baint sult as brionglóid iontach éigin! Is aisteach é, áfach, nár athraigh sí a cuid éadaí is í ag dul a luí, agus nár bhac sí an phluid a tharraingt trasna uirthi féin.

Druidim an doras, agus síos liom chun an trealamh sciála a aimsiú. Deich mbomaite fágtha agam sula dtiocfaidh Roberto. Beidh orm deifir a dhéanamh!

29 ~ Roberto

Lá álainn le dul ag sciáil, a deirim liom féin i ndiaidh dom mo chuid cuirtíní a oscailt. Spéir gheal, giota beag gaoithe, neart solais. D'ordaigh mé tacsaí chun muid a thabhairt go dtí an ionad sciála. Ní theastaíonn uaim go mbeidh mo charr galánta féin scriosta ag fliuchras agus salachar an trealaimh sciála. Is í an chuma chéanna atá ar éadaí Fhiona i ndiaidh di titim ar an sneachta cúpla babhta.

Tacsaí nua snasta atá ann, agus an tiománaí deas cairdiúil, rud atá cineál neamhghnách sa taobh seo tíre, cé nach maith liom é a admháil.

30 ~ Fiona

I ndiaidh dom gach seomra thíos staighre a chuardach faoi dhó agus gan rud ar bith a bhain le sciáil a aimsiú, socraím ar na seomraí codlata a chuardach. Níl mórán díobh ann – seomra Sabine agus trí sheomra eile. Isteach liom sa cheann is gaire dom agus tugaim faoi deara go bhfuil gúna álainn ar dhath an uachtair ar crochadh ar vardrús i lár an tseomra. Caithfidh gur ceann de ghúnaí Sabine atá ann! Siúlaim anonn chuige agus mothaím an síoda bog galánta ag sleamhnú tríd mo mhéaracha ar nós uisce reatha.

Meas tú, a deirim liom féin, meas tú an mbeidh fearg ar Sabine má thriailim an gúna orm? Beidh, sílim, beidh an-fhearg go deo uirthi. Cuirfidh sí go hIfreann mé, nach mór. Ach más rud é go bhfuil sí ina codladh go sámh, arsa mé liom féin, níl aon slí go bhfeicfidh sí mé! Go mall cúramach, bainim an gúna den chrochadán, mó lámha míshocair agus mé giota neirbhíseach. Gúna galánta atá ann, gúna den chéad scoth. Níl ball éadaigh chomh tarraingteach sin feicthe agam riamh i mo shaol. É fada agus chomh caol le gáinne. Bainim m'éadaí féin díom go gasta, an gúna á leagan ar an leaba taobh liom. A luaithe is atá gach ní bainte díom, tarraingím an gúna anuas thar mo cheann. Tá mé ard agus feileann an gúna don airde sin. Amharcaim orm féin sa scáthán, mé ag déanamh iontais den chuma dhathúil atá anois orm. Leagaim mo lámh ar chúl an ghúna, ar an sip atá le tarraingt aníos orm. Mothaím teannas fisiciúil agus tagann amhras orm faoin ghúna. Smaoiním ar Sabine. Í an-tanaí, agus b'fhéidir nach bhfuil mé féin chomh tanaí céanna. Tá, a deirim liom féin. Déanfaidh mé iarracht an sip a tharraingt go mall, ar aon nós, agus ansin ní bheidh aon fhadhb ann. Tarlaíonn sé sula dtugaim aon ní faoi deara. Tarraingím an sip agus cloisim stróiceadh. Go tobann, mothaíonn an gúna ró-bheag faoi na hascaill orm agus thart ar mo chliabhrach. Faitíos an domhain orm. Tarraingím an sip anuas arís go gasta agus bainim an gúna díom. Ach tá sé ró-dhéanach. Feicim an stróic mhór atá ar chúl an ghúna, an toradh ar mo chuid pleidhcíochta. Mé reoite leis an eagla agus mé ciontach, ciontach, ciontach.

31 ~ Sabine

Músclaím de phreab. Cad é a tharla? a fhiafraím díom féin. Cén rud a dhúisigh mé? Amharcaim go gasta ar m'uaireadóir. Deich mbomaite go dtí a deich a chlog! Tagann racht feirge orm. Cad chuige nár mhúscail Fiona mé? Tá Roberto le muid a bhailiú ag a deich a chlog agus tá sé poncúil i gcónaí.

Díreach i ndiaidh dom an locht a chur ar Fhiona, cuimhním ar an gheallúint a thug mé aréir, maidir le críoch a chur leis na hargóintí agus an droch-chaidreamh atá ag forbairt eadrainn, agus idir Johann agus mé féin fosta. Tá an milleán ormsa, a deirim liom féin. Ormsa, agus sin uile. Tá an fhreagracht orm féin múscailt in am. Ní déagóir mé a thuilleadh.

Leis sin, don chéad uair le fada, mothaím beocht ionam féin. Teastaíonn uaim léim san aer nó dul ag sciáil … Is beag nach ndéanaim glan dearmad ar mo chos ghortaithe. Go cúramach, beirim ar mo mhaidí croise agus, go mall réidh, siúlaim trasna an tseomra chun m'éadaí a aimsiú. Is ansin a chloisim arís é. An fhuaim chéanna a dhúisigh mé. Doras ag plabadh. Duine ag gol go faíoch. Sa seomra breise taobh liom …

32 ~ Roberto

Deich a chlog atá ann agus mé ag cnagadh ar dhoras Sabine. Deich a chlog go díreach, agus ní soicind roimhe ná soicind ina dhiaidh. Fanaim go foighneach lasmuigh den doras tosaigh ar feadh cúpla bomaite. Tuigim go mbíonn am breise de dhíth ar mhná i gcónaí chun iad féin a réiteach, tá a fhios agat féin. Smideadh agus sin go léir. Ach tá teorainn le mo chuid foighde agus, faoin am a bhuailim an tríú cnag ar an doras, tá fonn orm siúl isteach agus a rá leis na mná deifir a dhéanamh. Fanaim cúpla soicind eile agus ansin déanaim iarracht an doras a oscailt. Tá sé faoi ghlas! Feicim go bhfuil an tiománaí tacsaí ag tabhairt comharthaí aisteacha dom ón ghluaisteán agus téim sall chuige.

"Fadhb?" a fhiafraíonn sé díom go borb. Fear cineálta lách ar ball beag, ach é anois crosta mífhoighneach. "An bhfuil fadhb éigin?"

"Tá brón orm, ach is cosúil go *bhfuil* fadhb agam, ceart go leor. Níor tharla seo dom riamh cheana. De ghnáth bíonn mo chailín in am nuair a bhailím í. Chun an fhírinne a insint, ní thuigim cad chuige nach bhfuil sí ag freagairt an dorais."

"Tá tú buartha fúithi, mar sin!" arsa fear an tacsaí. "N'fheadar cad é ar domhan a tharla di?"

"Ó, bhuel, táim cinnte go bhfuil sí go breá, tá a fhios agat. B'fhéidir go bhfuil sí ag lorg rud éigin, níl a fhios agam. Cuirfidh mé glaoch uirthi anois díreach ar an bhfón póca."

33 ~ Sabine

Ní foláir go bhfuil mallacht cumhachtach éigin curtha ormsa. Nílim ag magadh. Tá an mí-ádh orm na laethanta seo. A luaithe is a shiúlaim isteach sa seomra breise, tá a fhios agam cad é a bhí i ndiaidh tarlú. Fiona ina luí ar an leaba, na deora ag sileadh dá héadan, an mascára dubh ag rith le huisce a cinn. Tugaim sracfhéachaint ar an ghúna gleoite ar an talamh, ansin screadaim in ard mo chinn is mo ghutha. D'ainneoin mo dhícheall, ní féidir liom fanacht i mo thost. Ligim liú feirge asam, agus nuair a thosaíonn an guthán soghluaiste i mo lámh ag creathadh, freagraím é i ngan fhios dom féin. Ach ní stadaim den screadach.

34 ~ Roberto

Preabann mo chroí le teann faitís agus buartha nuair a chloisim mo ghrá geal ag béiceadh. Baintear stangadh uafásach asam. Mo chroí i mo bhéal agus dhéanfainn rud ar bith ag an bhomaite sin ach a bheith in éineacht le Sabine. Ar luas lasrach, tosaím ag rith suas staighre an tí, fuinneog bhriste fágtha i mo dhiaidh agam agus mo ghuthán soghluaiste dearmadta.

"Sabine, Sabine," a scairtim, "cá bhfuil tú, a Sabine?"

Nuair a thagaim uirthi ina suí ar an urlár sa seomra

breise, tuigim an grá ollmhór atá agam di. Braithim an grá
ag sní trí mo chuislí – é láidir paiseanta síoraí. Is aisling
áilleachta í gan aon amhras. Níl aon chur síos ná insint ar
an bhfaoiseamh a mhothaím nuair a fheicim go bhfuil
sí slán ó bhaol. Beirim greim an fhir bháite uirthi, mé
splanctha ina diaidh. Go tobann, teastaíonn uaim a fháil
amach an bhfuil sise chomh caoch i ngrá liomsa is atá mise
léi? Sin é an rud is tábhachtaí ar domhan ag an soicind seo.

35 ~ Sabine

Tá eagla orm ar dtús nuair a chloisim go bhfuil smidiríní á
ndéanamh d'fhuinneog éigin thíos staighre. Cé atá ann?
Ach nuair a chloisim guth Roberto ag scairteadh orm, agus
nuair a bhraithim a lámha thart orm, ardaíonn mo chroí
agus ní theastaíonn uaim ach é a chur ar a shuaimhneas.

36 ~ Fiona

Is ait iad na rudaí a tharlaíonn dúinn ar uairibh. Stróiceann mise gúna, síleann Roberto go bhfuil Sabine á marú (nó rud éigin áiféiseach mar sin), briseann sé isteach i dteach a ghrá ghil, beireann sé barróg uafásach mór uirthi agus, in ionad liúnna feirge, is fuaimeanna de chineál eile ar fad a thagann ó bhéal Sabine dóthain ráite!.

Dar ndóigh, tá dearmad glan déanta ag an lánúin ormsa. Go ceann tamaill, ar scor ar bith. Éalaím go ciúin ón seomra, mé líonta le huafás faoin rud atá déanta agam, agus, chun an fhírinne a insint, faoin rud atá ag tarlú sa seomra.

37 ~ Roberto

Stadann muid go tobann agus éisteann muid leis an chiúnas.

"Tusa mo spéirbhean," a deirim le Sabine, "tusa agus tú amháin. Ná bíodh aon imní ort, beidh mise anseo le do thaobh i gcónaí."

Tagann aithreachas orm, mar tá a fhios agam go raibh spéis á léiriú agam in Fiona, agus tuigim anois gurb í Sabine amháin atá uaim. Bhí an oiread sin faitís orm nuair a d'fhreagair sí an guthán, nuair a chuala mé an scread …

"Tá brón orm más rud é …"

Ach ní bhfaigheann mé an deis a thuilleadh a rá le Sabine. Tá adharc á séideadh lasmuigh, agus amharcaim ar m'uaireadóir go gasta. Mar a shíl mé …

38 ~ Sabine

Baineann muid lán na súl as a chéile le linn an chúpla bomaite sin. An fhearg a mhothaigh mé faoin ghúna stróicthe curtha as mo cheann agam, agus ní féidir liom mo shúile a bhaint de Roberto. Nuair a thosaíonn sé ag caint liom, buaileann smaoineamh mé. An bhfuil sé ag mothú ciontach ar chúis éigin? An bhfuil rud éigin á cheilt aige orm? Nó cad chuige go bhfuil sé chomh tógtha liom go tobann? Is aisteach an rud é.

39 ~ Fiona

Ar deireadh thiar thall, éiríonn linn ord agus eagar a chur orainn féin agus amach linn go dtí fear an tacsaí. An fhuinneog gar don doras tosaigh briste ag Roberto. B'fhéidir gur cheart dúinn dul ag sciáil lá eile ar mhaithe leis an fhuinneog a dheisiú agus an teach a choinneáil slán.

"Á, ní gá," arsa Roberto, "tá Johann istigh ansin ar scor ar bith, nach bhfuil? Tabharfaidh seisean aire mhaith don teach."

Tá an tiománaí tacsaí mífhoighneach agus beagáinín crosta ar dtús ach, i ndiaidh dó tamall a chaitheamh linn sa charr, éiríonn sé níos cairdiúla. Chuirfinn geall leis go

bhfaca mé in áit éigin é cheana, ach níl mé in ann cuimhniú
ar an áit.

"An bhfuil aithne agatsa ar an tiománaí sin?" a
fhiafraím de Sabine i gcogar. "Táim cinnte go bhfaca mé in
áit éigin é cheana."

"Níl. Bhuel, ní dóigh liom go bhfuil ar aon nós," ar sise.
"Sílim féin nach bhfuil mórán de dhifríocht idir thiománaí
amháin agus tiománaí eile."

A luaithe is a chloisim na focail sin, tuigim. An tiománaí
tacsaí céanna atá ann leis an uair dheiridh. An fear a bhí ag
maíomh gur tiománaí den chéad scoth é, agus uimhir a dó
nó a trí aige ar a charr. Mé ar tí fiafraí dó an aithníonn sé
mé ach stadann sé mé i lár abairte. Tá rud éigin faoi nach
dtaitníonn liom. Is dócha gur paranóia atá ann ach, ar chúis
éigin, ní theastaíonn uaim a rá leis go n-aithním é.

40 ~ Sabine

Caithfidh mé a rá go bhfuilim ag mothú i bhfad Éireann
níos fearr anois. Creidim go bhfuil Roberto i ngrá liom tar
éis an tsaoil. Ní bheidh mé amhrasach faoina dhílseacht go
deo arís, geallaim dó é. Níl aon ghearán agam, ach amháin
go bhfuil mo chos ag cur isteach orm go fóill. Tá biseach ag
teacht air, áfach, diaidh ar ndiaidh.

41 ~ An Tiománaí Tacsaí

Nílim cinnte ach sílim go n-aithníonn an bhean óg sin mé ón uair dheireanach. Chonaic mé ina cuid súile é – aithne agus amhras. Ar a laghad beidh roinnt ama ag an triúr lena chéile sula … Ach dóthain ráite. Beidh cupán tae agam fad is atá siadsan ag sciáil agus ansin baileoidh mé arís iad.

42 ~ Fiona

Tá an ceart ar fad agam. Uimhir a trí atá ar an tacsaí: an carr céanna atá ann. Is dócha nach bhfuil suntas ar bith ag baint leis sin, a deirim liom féin. Ná bac le bheith buartha faoi.

Tá mé ag súil go mór leis an seisiún sciála, sceitimíní an domhain orm faoin spórt nua seo atá le foghlaim agam. A bhuíochas le Sabine, tá an trealamh go léir agam, mé réitithe i gceart agus lán sásta aghaidh a thabhairt ar an dúshlán úr. Le bheith féaráilte do Sabine, ní thosaíonn sí ag lorg trua nó ag gearán faoi bheith ag amharc orainne is muid ag baint sult asainn féin. Ach an mairfidh an dea-ghiúmar sin? a fhiafraím díom féin.

"Seo an t-am le aithne níos fearr a chur ar Roberto," a deirim liom féin. "Má theastaíonn uaim breis eolais a bhailiú faoi, beidh orm dul i gcion air agus freagraí a fháil uaidh i ngan fhios dó féin."

Ní raibh mé i m'aisteoir ró-mhaith riamh, ach tá sé ar intinn agam mo dhícheall a dhéanamh chun an fear amhrasach seo a mhealladh chugam.

43 ~ Sabine

Bhuel, caithfidh mé a admháil nach bhfuil mé in ann breathnú ar an bheirt sin a thuilleadh! Ar dtús, níl móran teagmhála eatarthu ach ansin, de réir a chéile, tosaíonn Roberto ag 'cabhrú' le Fiona, fiú nuair nach bhfuil gá leis, táim cinnte de. Dála an scéil, tá bua ag Fiona don sciáil. Tá ag éirí thar barr léi cheana féin. Ba bhreá liom a bheith in éineacht léi …

Cad é a tharla do mo shaol socair sona ar scor ar bith? Tá mo cheann ina roilleán i ndiaidh na raice agus an ruaille buaille ar fad faoin bhainis agus faoi Roberto.

Amharc ar Fhiona, í i mbláth na sláinte, gan cíos, cás ná cathú uirthi. Ba bhreá liom éalú thar lear agus Roberto a phósadh agus dearmad a dhéanamh ar an amhras agus an éad go léir …

44 ~ Johann

Níl rud ar bith chun stad a chur liom anois. Tá sé de rún agam a fháil amach faoi Roberto agus a léiriú do mo dheirfiúr go raibh an ceart ar fad agam faoi.

A luaithe is a dhúisím, cuirim glaoch ar chara liom agus tugann sé síob dom go Susten, áit chónaithe Roberto. Glacaim an eochair bhreise do theach Roberto liom, dar ndóigh. An eochair sin i mo sheilbh le fada an lá – ba le Sabine é, ach síleann sise gur chaill sí trí thimpiste é. Caithim tréimhse taitneamhach ag amharc ar na siopaí sa cheantar, agus bíonn bricfeasta den chéad scoth agam i gcaifé ar imeall an bhaile.

Imíonn an t-am go gasta ar fad, agus faoin am a bhreathnaím ar m'uaireadóir, baintear geit asam. Deich a chlog cheana féin! Ó, a Dhia! Beidh Roberto ag bailiú Fiona is Sabine faoin tráth seo le dul ag sciáil, a deirim liom féin, b'fhearr duit deifir a dhéanamh!

Sroichim teach Roberto deich mbomaite níos déanaí – é suite an-ghar don bhaile, i ndáiríre.

Shíl mé i gcónaí go raibh cuma an-doicheallach ar an fhoirgneamh os mo chomhair – é ró-ard, ró-mhór, ró-chrua i gcomparáid leis na tithe beaga adhmaid atá scaipthe thart fán áit.

Tá mé ag éirí rud beag neirbhíseach faoin rud ar fad, caithfidh mé a admháil. An bhfuil an mianach ionam teach Roberto a chuardach? Tá baol ag baint leis, tá sin soiléir. Ach nach cuma, arsa mise liom féin. Nach fiú seo a dhéanamh ar son Sabine?

Tá Lamborghini snasta Roberto pairceáilte lasmuigh den teach. Tá Roberto imithe sa tacsaí, mar is gnáth, a mheabhraím dom féin. Ná bíodh anbhá ort go fóill!

Go ciúin cúramach, mé ag déanamh cinnte de nach bhfuil duine ar bith ag faire orm, siúlaim go doras an tí agus an eochair réidh i mo lámh agam. Mé ag déanamh mo dhícheall dul i ngleic leis an amhras agus an scanradh atá ar chúl mo chinn i gcónaí, sáim an eochair sa ghlas agus casaim é. Brúim an doras, agus nach orm atá an t-ádh! Osclaíonn sé gan fadhb ar bith. Is ansin a bhuaileann an fhírinne mé – tá mé istigh i dteach duine eile, gan chead. Ró-dhéanach imeacht anois, a deirim liom féin, beidh ort leanacht ar aghaidh.

Tá sé ar intinn agam teacht ar fhianaise de chineál éigin – leid a thabharfadh barúil dom faoin rud atá ar siúl ag Roberto. Mé ag coinneáil súil ar an am, mar tá mé airdeallach nach bhfuil an lá uilig agam. Tugaim aghaidh ar an seomra beag príobháideach atá ag Roberto. Is ann atá an ríomhaire agus roinnt cáipéisí tábhachtacha, b'fhéidir. Tá mé lánchinnte de gur sa seomra sin a bheidh an t-eolas atá uaim. Osclaím an doras go mall agus siúlaim isteach san oifig bheag bhídeach. Is ansin a ligim béic asam: duine éigin ina shuí ag an ríomhaire cheana féin!

45 ~ Fiona

Tá an sciáil ar dóigh ar fad. Cé go bhfuil lear mór daoine á dhéanamh in éineacht linn, ní mhothaím brúite agus níl easpa spáis orm in aon chor. Tá sé doiligh go leor dul i gcleachtadh ar an sciáil, ach is mór an chabhair é Roberto agus tá sé iontach cneasta ar fad.

Tá mé ag súil go mór le dul arís go luath. Tá sé dochreidte ar fad. Tá timpeallacht na hEilbhéise álainn i slí nach dtig liom a chur i bhfocail. Na sléibhte mórthimpeall orainn, iad ard bán draíochtúil. Iad clúdaithe le sneachta glan na spéire. Iad ag glioscarnach faoin ghrian. Níl radharc níos áille feicthe agam riamh cheana. Muid ar thalamh ard, an t-aer úr, bailte beaga deasa le feiceáil thíos fúinn. Tír dhraíochtúil gan amhras, agus níor bhuail mé riamh le daoine a bhí níos múinte nó níos sibhialta ná muintir na hEilbhéise. An rud comónta is fearr mar shlat tomhais orthu: ní bhíonn guma coganta fágtha ar an sráid ná in áit ar bith eile. Tá an timpeallacht thar a bheith glan agus neamhthruaillithe. Sílim go bhfuil an-mheas acu ar an timpeallacht agus ar na daoine thart orthu fosta. Glaineacht. É sin ráite, tá muintir na hÉireann i bhfad níos oscailte agus níos cairdiúla, go poiblí ar scor ar bith!

Déanta na fírinne, tá mé chomh tógtha sin leis an sciáil agus an ócáid ar fad go bhfuil glan dearmad déanta agam ar Sabine agus í ag fanacht orainn go foighneach.

Déanaim iarracht roinnt eolais a fháil ó Roberto, ach is léir gur duine príobháideach agus rúnda atá ann, ar chúis amháin nó ar chúis eile.

"An bhfuil tú gnóthach ag an obair na laethanta seo?" a fhiafraím dó go caolchúiseach, ag staid amháin. "Chuala mé go bhfuil post agat sa bhanc?"

"Gnóthach go leor, a stór," ar sé, agus beireann sé ar mo lámh chun mé a threorú. "Cad fút féin?"

Agus chomh héasca leis sin, éiríonn leis an comhrá a bhunú ormsa agus an aird a bhaint de féin.

"Cá bhfuil an banc lena n-oibríonn tú ar scor ar bith?" arsa mise, rud beag níos déanaí. "An bhfuil sé gar do do theach?"

Baineann an cheist siar as, is léir, ach leanann sé ar aghaidh ag caint amhail is go bhfuil achan rud i gceart.

"Tá sé giota maith ón teach, ach ní fadhb é sin mar tá carr agam féin ar aon nós. Cad chuige na ceisteanna seo uilig fúmsa, ar aon chuma?"

"Á, tada. Tá spéis agam a fháil amach, sin uile. Tá a fhios agam go mbíonn an-chuid de mhuintir na tíre seo ag obair sna bancanna."

"Tá an ceart agat ansin, a Fhiona. Éist, ar mhaith leat sos beag a ghlacadh ón sciáil agus rud le n-ithe a fháil? Beidh Sabine ag fanacht orainn, táim cinnte!"

"Fadhb ar bith. Tá ocras orm anois ar aon nós. Go raibh maith agat as an gcabhair go léir, a Roberto."

"Ná habair é, ná habair é. Tá tú ar fheabhas ag an sciáil, a Fhiona. Chuaigh tú i dtaithí air go han-tapaidh."

Tá áthas ar Sabine an bheirt againn a fheiceáil arís agus tá sí lán de mholadh dom, caithfidh mé a rá.

"Bhí mé ag amharc ort ansin, a Fhiona. Tá ag éirí thar barr leat, a chailín! Ba bhreá liom a bheith á dhéanamh in éindí libh, ach beidh deis agam sin a dhéanamh a luaithe is a thagann biseach ar mo chos."

"An bhfuil tuirse ort anois, a Fhiona?" a fhiafraíonn Roberto. "Beidh do chosa tinn maidin amárach, táim ag rá leat, agus do chuid lámha fosta, déarfainn!"

"Tá mé go breá, go breá. Bím ag imirt camógaíochta sa bhaile agus tá neart i mo chorp."

Táimid ar tí lón a ordú nuair a thosaíonn fón póca Roberto ag glaoch.

"Heileo?" ar sé, "ag caint."

Stadann sé den tsiúl go tobann agus seasann ina staic.

"Abair sin arís!" ar sé, a ghlór lán iontais agus alltachta.

"Anois? I ndáiríre?" Líonann a shúile le fearg. "Beidh mé ann faoi cheann leath uair an chloig. Slán go fóill."

Tiontaíonn sé thart arís, an phráinn go hard sna súile air:

"Caithfidh mé dul abhaile anois díreach. Tá fadhb ann. Gheobhaidh mé an tiománaí tacsaí agus tig libhse dul ar ais go teach Sabine. Cuirfidh mé scairt oraibh ar ball."

Níor thúisce imithe faoi choinne an tiománaí tacsaí é nó casann mé ar Sabine.

"Meas tú cad atá tarlaithe? Meas tú cén cineál daoine atá ag plé le Roberto?"

Insím di faoin fhear ar an ghluaisrothar, faoi thuairimí Johann, faoi rúndacht Roberto maidir lena phost. Don chéad uair ó bhuail mé léi, éisteann sí le achan focal a deirim.

"A Fhiona," ar sí go sollúnta, "tá rud éigin le hinsint agam duit."

Is ansin a chloiseann muid Roberto ag scairteadh orainn, an tiománaí tacsaí lena thaobh.

46 ~ Johann

Fear iontach beag atá sa seomra, agus gruaig fhada dhorcha air. Is cosúil go bhfuil sé ag déanamh iarrachta eolas éigin a fháil ón ríomhaire, ach cén t-eolas é féin? Nó an bhfuil an fear mar leathbhádóir ag Roberto? Agus conas mar a tháinig sé isteach sa teach?

Preabann an fear ina sheasamh an soicind a chloiseann sé ag an doras mé. Cuma fhiáin chontúirteach air, a shúile feargach, a éadan lán le fuath.

"Fan san áit ina bhfuil tú!" ar sé, "nó is duitse is measa …"

Tuigim nach ag magadh atá an fear seo.

47 ~ Fiona

Sa tacsaí ar an bhealach ar ais go teach Sabine, tá mé thar a bheith fiosrach faoin mhéid atá sí ar tí a insint dom. Tá a fhios agam gur faoi Roberto atá sé ar scor ar bith, ach tá mé cíocrach len é a chloisteáil uaithi. Iontas an domhain orm nár fhiafraigh sí de Roberto céard faoi a bhí an glaoch gutháin. Cloisim é ag rá léi gur faoi chúrsaí oibre atá sé.

Léimeann muid as an tacsaí agus fágann slán ag Roberto. Cuma an-dáiríre air, agus smaoiníonn mé arís ar an fhear ar an ghluaisrothar agus an méid a dúirt Johann.

"Sabine," arsa mise, "tig leat a rá liom anois faoi Roberto. Tá amhras orm faoin ghlaoch gutháin sin. Bheadh an-iontas orm, i ndáiríre, dá mba faoin obair a bhí sé."

"Fan bomaite, a Fhiona. Ba mhaith liom labhairt i gceart leat. Tig linn blas le n-ithe a fháil agus cupán caifé. Tá barúil agam go mbeidh siad de dhíth orainn!"

Isteach linn sa chistin agus mé ag mothú cineál amhrasach. Cén rud atá le rá ag Sabine atá chomh dairíre agus tábhachtach sin?

48 ~ Sabine

Tá aiféala orm nár inis mé an fhírinne d'Fhiona ag an tús, ach ní ormsa atá an locht go hiomlán. Níor theastaigh ó Roberto go ndéarfainn aon cheo le duine ar bith, fiú mo dhearthair féin, Johann. Tá faoiseamh orm toisc an fhírinne a bheith soiléir do chách. Tá súil agam nach bhfuil sé ró-dhéanach …

49 ~ Garraíodóir Roberto

Roimh meánlae, mar is gnáth, tugaim cuairt ar theach Roberto chun a chinntiú go bhfuil an gairdín mar ba cheart agus chun na fiáilí a bhaint. Tá mé i mo shuí sa teach beag samhraidh i lár an ghairdín, ag caitheamh tobac agus ag glacadh sosa, nuair a chloisim gluaisrothar ag teacht i dtreo an tí. Fanaim san áit ina bhfuil mé. Tamall níos déanaí, cloisim gloine á briseadh ag cúl an tí agus duine ag eascainí. Faoin tráth seo, mar a thuigfeá, tá beagáinín beag eagla orm agus tá mé fiosrach. Cuirim glaoch ar Roberto agus míním dó cad atá ag tarlú. Deireann sé go bhfuil sé ag teacht gan mhoill.

Fad is atá mé ag fanacht air, siúlaim go ciúin go cúl an tí agus feicim an gluaisrothar i bhfolach taobh thiar de sceach. Tá fuinneog bhriste sa seomra suite agus isteach sa teach liom, mé an-neirbhíseach ar fad. Mé lánchinnte de go bhfuil an gadaí chun mé a fheiceáil agus mé a mharú, ach leanaim orm á lorg, mar sin féin. Feicim solas ar siúl sa seomra ríomhaire agus feicim go bhfuil an fear sin – cara Roberto – ina shuí ag an deasc. Tá mearbhall orm! Cad chuige ar bhris seisean isteach sa teach?

Téim i bhfolach i gcófra lasmuigh den tseomra. Tamall gearr ina dhiaidh sin, cloisim duine eile ag oscailt an dorais tosaigh. Na póilíní ar deireadh, a shíleann mé! Ach ní hamhlaidh atá. Fear aonair atá ann, fear atá feicthe agam cheana. Gaol éigin le cailín Roberto, sílim. Tuigim go mbeidh trioblóid ann nuair a shiúlann sé isteach sa seomra céanna ina bhfuil an fear eile, agus tagann anbhá orm!

Céard a dhéanfaidh mé? Go tobann, titeann an folúsghlantóir agus déantar torann uafásach. Cloisim coiscéimeanna ag teacht i mo threo agus osclaítear doras an chófra sula mbíonn am agam rud ar bith a dhéanamh …

50 ~ Fiona

Baintear an anáil asam nuair a chloisim cad é atá le rá ag Sabine. Roberto! Ina bhleachtaire! Cé a shamhlódh gurbh amhlaidh a bheadh?

Idir dhíomá agus fhearg orm nár inis Sabine dom roimhe seo é, ach tuigim an chúis a bhí leis. Obair an-dainséarach agus rúnda atá ar siúl ag Roberto, agus tríd a phost a choinneáil faoi rún, tá sí á chosaint. Níl sé ag obair san Eilbhéis mar bhleachtaire le fada – chaith sé blianta san Iodáil ag bailiú eolais faoin Mafia agus ag cur aithne ar choirpigh áitiúla. Duine é atá sásta cur ina luí ar dhaoine contúirteacha, cosúil le Marco, go bhfuil sé ar aon taobh leo, ionas go gcuirfidh siad muinín ann agus ionas go mbeidh deis aige fianaise a fháil ina gcoinne. Is cosúil go raibh Marco ag éirí amhrasach faoi Roberto, áfach, nó sin a shíleann Sabine.

Tá Sabine í féin trína chéile, í scanraithe go dtarlóidh drochrud do Roberto. Tá sé doiligh a chreidbheáil go raibh a fhios aici i gcaitheamh an ama go léir cad a bhí ar siúl ag Roberto. Nuair a bhí mé féin agus Johann ag caint faoi go hamhrasach, caithfidh go raibh sí ag iarraidh an fhírinne ghlan a insint dúinn. Ach níor inis. Tá meas agam uirthi ar shlí amháin de bharr a láidreachta sa chás sin.

51 ~ Johann

A luaithe is a chloiseann Marco an torann ón chófra, casann sé ar luas lasrach agus fágtar mé i m'aonar. Tosaím ag smaoineamh ar éalú. Cloisim scread agus urchar á scaoileadh agus tagann anbhá agus scanradh an domhain orm. Cé atá sa chófra? An bhfuil sé marbh anois? Is cuma liom faoin staid seo. Tá mé ag iarraidh éalú agus éalú go gasta!

Ach tá mé ceangailte den chathaoir agus ní thig liom bogadh. Ní féidir liom rud ar bith a fheiceáil ach an oiread de bharr an scaif atá ceangailte go righin timpeall ar mo shúile. Cloisim Marco ag filleadh agus tá an-eagla orm ...

"Tá tú chun bás a fháil inniu, a chara," arsa Marco, "beidh an teach trí thine faoi cheann deich mbomaite agus tá na póilíní beagnach anseo. Má cheapann tusa go bhfuil mé sásta suí sa phríosún ar feadh mo shaol, tá dul amú ort. Tá sé i gceist agamsa dul go háit níos fearr ..."

Leanann ciúnas go ceann cúpla soicind. Tig liom anois boladh na tine a fháil agus é soiléir nach ag magadh atá Marco faoin mhéid atá ráite aige. Is ansin a chloisim an t-urchar. An dara urchar. Agus tá a fhios agam i mo chroí istigh go bhfuil Marco marbh ...

52 ~ Roberto

Faoin am a shroichim mo theach, tá mo chroí ag preabadh agus na mothúcháin ar phreab-fhiuchadh ionam, iad uilig láidir agus paiseanta. Tá boladh aisteach san aer, boladh dó. Is ansin a fheicim na lasracha agus cloisim glór ag screadach. Isteach an doras liom agus rithim ar luas lasrach isteach sa seomra ríomhaireachta. Cuirim scairt ar na póilíní is mé ar mo bhealach isteach. An chéad rud a fheicim is ea Johann – é ceangailte de chathaoir agus é i gcontúirt uafásach ón tine atá ag scaipeadh ar nós na gaoithe.

"A Johann!" a screadaim, ionadh an domhain orm é a fheiceáil. Ligim saor é go gasta agus muid ag iarraidh éalú ón dainséar. Tugaim sracfhéachaint ar mo ríomhaire atá suite os ár gcomhair. Teachtaireacht ar an scaileán:

"Seo an tríú uair duit an pasfhocal mícheart a iontráil. Chun úsáid a bhaint as an ríomhaire, ní foláir duit fios a chur ar an riarthóir."

Múchaim an ríomhaire agus amach an cúldoras liom gan mhoill, Johann in éineacht liom. Iontas orm fós go raibh Johann sa teach. Feicim an fhuinneog bhriste agus an gluaisrothar Ducati dearg agus bán láithreach, díreach mar a shíl mé. Is cosúil go bhfuil an cluiche le Marco thart.

"Marco, Marco – mharaigh sé é féin," arsa Johann, é trína chéile ar fad.

An bhfuil an ceart ag Johann? An bhfuil léire intinne aige? An féidir a bheith cinnte?

53 ~ Fiona

Tá achan rud ag oibriú amach go breá anois i ndiaidh do Sabine a rá liom faoi Roberto. Muid ag déanamh neart cainte agus comhrá faoi bhleachtairí, sciáil, agus beagán grá …

Tá mo thuairim faoi Roberto athraithe go hiomlán. Laoch atá ann anois, fear cróga cneasta in achan slí. Chuir sé scairt orainn cúpla bomaite ó shin chun a rá go mbeidh sé anseo go gairid i ndiaidh dó labhairt leis na póilíní faoi bhás Mharco agus faoin fhianaise atá bailithe aige faoi na mangairí drugaí. Agus shíl mise go raibh Johann i dteach Sabine ó mhaidin! Is cosúil go raibh sé i dteach Roberto nuair a bhí Marco ann, agus d'éalaigh sé ó lámha an bháis de bharr gur chuir an garraíodóir scairt ar Roberto in am. Agus an coirpeach sin Marco, an fear gránna sin a bhí do mo bhagairt is mé i dteach Roberto, is cosúil gur chuir sé lámh ina bhás féin …

Teastaíonn ó Roberto labhairt liomsa ar chúis éigin.

"A Fhiona," ar sé, "bhí tusa ag gáire fúm nuair a dúirt mé leat go raibh garraíodóir fostaithe agam. Bhuel, nach síleann tú gur fiú an t-airgead nuair a shábhálann siad daoine ar nós Johann ón bhás, b'fhéidir?" Cuireann sin ag gáire mé.

"Tá Johann san ospidéal faoi láthair agus feabhas ag teacht air i ndiaidh ionanálú deataigh ón tine," arsa Roberto. "Beidh sé chuige féin ar ball beag, dar leis na dochtúirí. Caithfidh mé dul i dteagmháil leis an gharraíodóir arís fosta, mar go mbeidh cuntas le tabhairt aige ar an méid a tharla."

Tá mé ag tnúth go mór le Roberto agus Johann a fheiceáil. Táim cinnte go mbeidh scéalta is argóintí againn ar feadh na hoíche. Buíochas le Dia go bhfuil achan duine slán sábháilte.

Ach ar an nóta sin, meas tú an bhfuil Roberto i mbaol anois mar go bhfuil Marco marbh? An dtiocfaidh cairde Marco ina dhiaidh anois? Cé hé an tiománaí tacsaí sin agus an bhfuil baint aige leis an scéal?

Fillfidh máthair Sabine go luath ó Pháras le bia agus éadaí don mbainis.

Meas tú an mbeidh spéis ag Johann ionam go fóill nuair a ligtear amach ón ospidéal é? Sin scéal eile …

54 ~ Johann

Dúisím in áit nach n-aithním agus mé trína chéile ar chúis éigin. Tagaim chugam féin go gasta agus feicim Roberto ina sheasamh taobh liom.

"A Johann, tá tú i do dhúiseacht!" arsa Roberto. "Ar deireadh! Caithfidh mé a lán rudaí a mhíniú duit. Ar dtús, tá an ceart agat. Tá Marco marbh. Aimsíodh an corp sa teach, é an-dóite ar fad. Is cosúil go bhfuil achan duine eile slán sábháilte. A bhuíochas sin leis an ngharraíodóir, ar ndóigh! Chuir sé scairt orm nuair a chuala sé Marco ag briseadh isteach sa teach."

"Ó! Chuir an garraíodóir scairt ort? Caithfidh gurbh é

a leag an folúsghlantóir sa chófra i do theach mar sin!
Mharaigh Marco é, ní foláir," a deirim.

Iompaíonn éadan Roberto ar dhath liath.

"Ach níor aimsíodh ach corp amháin! Bhí sé dubh dóite
ag an tine," arsa Roberto.

55 ~ Fiona

Tá mé féin agus Sabine inár suí go compordach ag amharc
ar an teilifís nuair a chloisim mo ghuthán ag glaoch.

"Heileo?" arsa mise, mé ag súil le Roberto a chloisteáil.
Tá ciúnas ar an taobh eile den líne teileafóin. Tost.

"Heileo?" arsa mise den dara huair, mé níos láidre an
uair seo, "Fiona ag caint?"

Níl a dhath le cloisteáil go fóill. Le teann mífhoighide,
caithim an guthán uaim agus fillim ar an seomra suite. Is
ansin a fheicim carr ag tiomáint go gasta i dtreo an tí. Tacsaí
atá ann. Stadann sé. Léimeann fear amach. Tagann anbhá
orm.

Ní Roberto atá ann, ach Marco …

AN NOLLAIG SA NAIGÍN
le
Ré Ó Laighléis

(ISBN 0-9554079-0-7 / ISBN-13: 978-0-9554079-0-1
Praghas €12.50)

Soineantacht an pháiste, grá an tuismitheora, gaois an tseanóra – iad uile ar roithleán na Tuisceana ar Lá Nollag sa Naigín thar thréimhse chúig bliana. Sonas, brón, éagóir agus ceart fite fuaite ar a chéile go healaíonta síos tríd. Aistear draíochtúil, aistear foghlama, aistear fírinne, ar saibhre sinn dá bharr. An Nollaig sa Naigín: é íogair iniúchach paróisteach agus domhanda ag aon am amháin. Idir dhúchas agus ghaois á n-úscadh den uile leathanach den tseoidín seo.

Whether child, teenager, adult or one worn-but-wise with age, the reader will be enthralled by the innocence, the magic, the sheer humanity and warmth that permeate these pages. Seen through the eyes of the developing child on Christmas Day in five successive years, *An Nollaig sa Naigín* 'Christmas in the Noggin' takes us on a remarkably joyous, emotional and thought-provoking journey in words and illustration. A book for everyone – young and old alike.

"Éiríonn go hiomlán leis iontas agus gliondar an pháiste a athchruthú dúinn, an sos faoi leith sin roimh an lá mór i ndomhan atá ag teacht chun stad a chur ar ais inár n-intinn agus béim a chur ar ghrá agus ar shócúlacht an teaghlaigh ... Osclóidh an leabhar seo na súile daoibh má dhruid an saol iad." **Forlíonadh Litríochta, Lá**

"A tender family portrait, it points to the importance of grandparents in the nuclear family ... The Irish narrative is both lyrically descriptive and moving." **Mary Arrigan, 'Tribune Books', Sunday Tribune**

"Is ábhar draíochtúil eisceachtúil é seo a bhféadfadh tuismitheoir a léamh dá pháiste, a bhféadfadh déagóir é a ardú agus a bheith faoi gheasa aige, a bhféadfadh an duine fásta, ar a laghad, an méid céanna taitnimh agus ardú croí agus meanma a bhaint as agus a dhéanfadh an duine óg féin, agus, ar deireadh, a tharraingeodh na deora de shúile gach aon seanóir a thabharfadh faoi é a léamh. Uilíochas agus feabhas ar an uile bhealach, go deimhin, agus an cheardaíocht dá réir, líne ar líne ... Ach, dá fheabhas iad tréithe éagsúla an tsaothair aoibhinn seo tríd síos, is iad an daonnacht agus an draíocht atá ann a sháraíonn gach aon ghné eile de." **Sinéad Nic Gearailt, Feasta**

AN NOLLAIG SA NAIGÍN CD

The CD version of the book, comprising readings by the author and complementary traditional hymns and music

le

Ré Ó Laighléis

(Praghas €12.50)

Soineantacht an pháiste, grá an tuismitheora, gaois an tseanóra – iad uile ar roithleán na tuisceana ar Lá Nollag sa Naigín thar thréimhse chúig bliana. Sonas, brón, éagóir agus ceart fite fuaite ar a chéile go healaíonta síos tríd, é sin idir fhocail agus cheol. Aistear draíochtúil, aistear foghlama, aistear fírinne, ar saibhre sinn dá bharr. An leagan CD seo de An Nollaig sa Naigín le glór an údair féin ag léamh na scéalta. É iniúchach paróisteach agus domhanda ag aon am amháin. É ar fheabhas leis féin nó mar thionlacan don leabhar, bíodh sin don pháiste, don léitheoir cumasach nó don bhfoghlaimeoir. Idir dhúchas agus ghaois á n-úscadh den uile fhocal agus nóta den tseoidín seo.

Whether child, teenager, adult or one worn but wise with age, the listener will be thoroughly enthralled by the innocence, the magic, the sheer humanity and warmth that permeate this work in words and music. Seen through the eyes of the developing child on Christmas Day in five successive years, this CD version of *An Nollaig sa Naigín* 'Christmas in the Noggin' takes us on a remarkably joyous, emotional and thought-provoking journey in words and music. A joy, a reminiscence, a cultural and spiritual uplift and challenge for everyone who hears it - young and old alike. To be enjoyed on its own or as the perfect complement to the book, be that for the child or seasoned and/or learner-reader.

CD Clár Contents

1. Céimeanna na Nollag
2. Céad Sneachta na Nollag
3. Buachaill Bó na Nollag
4. Smeámh na Nollag
5. Deoir na Nollag
6. Cuairt na Nollag
7. Dúnadh na Nollag
8. Don Oíche Úd i mBeithil
9. Adeste Fideles

É seo bunaithe ar an leabhar *An Nollaig sa Naigín* (MÓINÍN, 2006)

AR FÁIL TRÍ'N bPOST Ó MhÓINÍN

LITIR Ó MO MHÁTHAIR ALTRAMA
agus scéalta eile
le
Fíonntán de Brún
(ISBN 0-9532777-7-1   Praghas €8)

Cnuasach úr dúshlánach ag gearrscéalaí óg Feirsteach a thugann saothrú an genre seo ar aghaidh píosa eile fós. Deich gcinn de ghearrscéalta a bhfuil idir theanga agus cheardaíocht shnasta ghalánta oilte iontu agus ina dtugann an Brúnach aghaidh ar théamaí atá cathrach agus uilíoch. Cothaítear an síol chun bláthaithe i ngach aon cheann de na scéalta ar bhealach atá íogair mothálach géarchúiseach agus léiríonn an t-údar tuiscint ar shicé an duine agus ar chastachtaí na sicé ar bhealach atá neamhghnách sa litríocht cuma cén teanga ina saothraítear í. Is sár-ghearrscéalaí é a thuigeann ón nádúr spriocanna an chomhrá agus na hinseoireachta agus a bhfuil an coibhneas ceart aimsithe aige eatarthu beirt.

"… seasann an Ghaeilge álainn shaibhir Ultach amach thar rud ar bith eile sa leabhar, agus is draíochtúil an tslí ina sníomhann an t-údar na focail le chéile… Níor léigh mé cnuasach gearrscéalta chomh spreagúil suimiúil dúshlánach leis seo le fada an lá, i dteanga ar bith."
Meadhbh Ní Eadhra, *Lá*

"Ní bhíonn cinnteacht i gcónaí ann faoi thoradh na heachtra i scéal agus cuireann seo go mór leis an léitheoireacht mar gur gá bheith i dtiúin le téamaí na hinsinte agus le raison d'etre an Duine … Ní léitheoireacht don leisceoir seo, agus is maith cinnte sin, ach sórt litríochta a chuireann duine ag smaoineamh agus go fiú ag cruthú beagán."
An tEagarthóir, *SAOL*

"Cé gur ábhar teibí domhain atá pléite anseo ag an údar, cuirtear na scéalta os ár gcomhair i bhfoirm eachtrúil a fhágann an léitheoir ag síormhachnamh ar a bhfuil léite aige mar a bheadh fonn ceoil a ritheann gan stad is nach n-éalaíonn as an aigne."
Pádraig Ó Baoill, *Feasta*

AR FÁIL TRÍ'N bPOST Ó MhÓINÍN

GOIMH
agus scéalta eile
le
Ré Ó Laighléis

(ISBN 0-9532777-4-7 Praghas €7 Clúdach bog, 104 lch.)

An ciníochas in Éirinn agus go hidirnáisiúnta is cúlbhrat do na scéalta sainiúla seo. Idir shamhlaíocht agus chruthaitheachas den scoth á sníomh go máistriúil ag Ré Ó Laighléis i gcur an chnuasaigh íolbhristigh seo inár láthair. Ní hann don déagóir ná don léitheoir fásta nach rachaidh idir thábhacht agus chumhacht agus chomhaimsearcahas na scéalta i gcion go mór éifeachtach air. An dul go croí na ceiste ar bhealach stóinsithe fírinneach cumasach is saintréith den chnuasach ceannródaíoch seo.

"Éiríonn leis an údar dúshlán na léitheoirí a thabhairt ar bhealach ríspéisiúil maidir lena ndearcadh ar an gciníochas … Fáiltím go mór roimh an saothar seo toisc go ndíríonn sé ar aoisghrúpa [déagóirí] a chruithóidh dearcadh shochaí na tíre seo i leith an chiníochais amach anseo. Éiríonn leis an údar paraiméadair na tuisceana i dtaobh an chiníochais a bhrú amach."
Seosamh Mac Donncha, Iar-Chathaoirleach,
An Clár Náisiúnta Feasachta um Fhrith-Chiníochas

"Snastacht, foirfeacht, máistriúlacht ó thús deireadh."
Austin Vaughan, Leabharlannaí an Chontae, Co. Mhaigh Eo

"Ar bhealach, is é a dhéanann an Laighléiseach ná … sinn a shíneadh agus ár ndúshlán a thabhairt mar léitheoirí." **Sinéad Nic Gearailt, *Feasta***

"Sa chnuasach Goimh déantar scagadh samhlaíoch ar an gciníochas in Éirinn agus nochtann buanna agus meon an scríbhneora, ón gcéad leathanach, a mháistreacht ar an gcaint chomhaimseartha, a thuiscint ar chás an íochtaráin agus a dhearg-ghráin ar an gcur i gcéill."
Colmán Ó Raghallaigh, *Foinse*

"Bíonn réalachas ag baint le achan suíomh: achrann i ndioscó; aistear traenach; ceannaire anuas ar oibrí eachtrannach in ollmhargadh; oibrí deonach Éireannach thar lear; agallamh poist; taisme i monarcha; siopadóir éadmhar; caidreamh idir comhoibrithe. Is suímh iad as an ngnáthshaol laethúil agus is treise teachtaireacht na scéalta dá bharr, mar sin an áit a bhfuil an fhadhb." **Philip Cummings, *Lá***